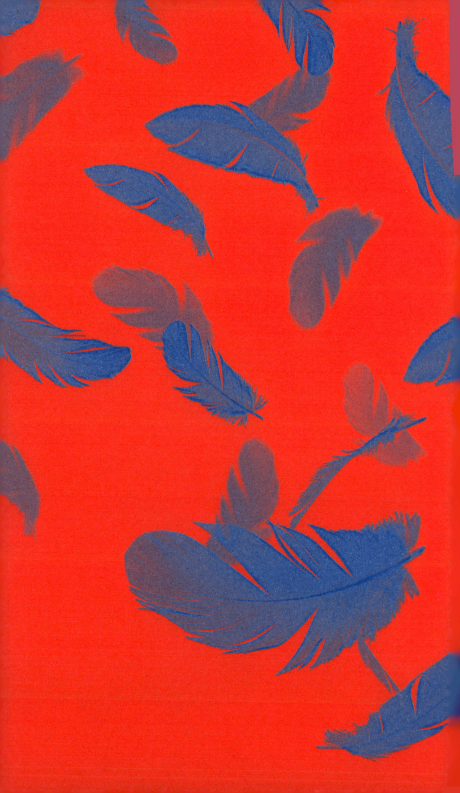

É assim que se perde a guerra do tempo

AMAL EL-MOHTAR
&
MAX GLADSTONE

É assim que se perde a guerra do tempo

TRADUÇÃO
NATALIA BORGES POLESSO

7ª *reimpressão*

Copyright © 2019 by Amal El-Mohtar e Max Gladstone

Grafia atualizada segundo o Acordo Ortográfico da Língua Portuguesa de 1990, que entrou em vigor no Brasil em 2009.

Título original
This Is How You Lose the Time War

Capa
Adaptada de Greg Stadnyk

Fotos de capa
Saddako/ iStock (pássaro vermelho)
PrinPrince/ iStock (pássaro azul)

Guardas
Estúdio Insólito/ Imagens Shutterstock

Ilustrações de miolo
Renato Faccini

Revisão
Thaís Totino Richter
Adriana Bairrada

Dados Internacionais de Catalogação na Publicação (CIP)
(Câmara Brasileira do Livro, SP, Brasil)

El-Mohtar, Amal
    É assim que se perde a guerra do tempo / Amal El-Mohtar
e Max Gladstone ; tradução Natalia Borges Polesso. — 1ª ed. —
Rio de Janeiro : Suma, 2021.

    Título original: This Is How You Lose the Time War.
    ISBN 978-85-5651-108-9

    1. Ficção canadense (Inglês) 2. Ficção científica 3. Ficção
norte-americana I. Gladstone, Max. II. Título.

	CDD-C813
20-51714	CDU-813

Índices para catálogo sistemático:
1. Ficção : Literatura canadense C813
2. Ficção : Literatura norte-americana   813

Cibele Maria Dias – Bibliotecária – CRB-8/9427

Todos os direitos desta edição reservados à
EDITORA SCHWARCZ S.A.
Praça Floriano, 19, sala 3001 — Cinelândia
20031-050 — Rio de Janeiro — RJ
Telefone: (21) 3993-7510
www.companhiadasletras.com.br
www.blogdacompanhia.com.br
facebook.com/editorasuma
instagram.com/editorasuma
twitter.com/editorasuma

Para você.
p.s. Sim, você.

uando Red vence, ela está sozinha.

Sangue engoma seu cabelo. Ela expira vapor na última noite desse mundo moribundo.

Foi divertido, ela pensa, mas o pensamento se azeda no cenário. Foi limpo, ao menos. Escalar os fios do tempo até o passado e se certificar de que ninguém sobrevive a essa batalha para bagunçar os futuros que sua Agência organizou — os futuros nos quais sua Agência governa, nos quais a própria Red é possível. Ela veio para amarrar esse filamento da história e queimá-lo até que derreta.

Ela segura um cadáver que já foi um homem, suas mãos enluvadas nas entranhas dele, os dedos agarrando a coluna de liga metálica. Ela solta, e o exoesqueleto cai sobre as rochas. Tecnologia tosca. Primitiva. De bronze a urânio empobrecido. Ele nunca teve chance. É para isso que Red existe.

Depois de uma missão, vem um silêncio grandioso e definitivo. Suas armas e armadura se recolhem para dentro dela como rosas no crepúsculo. Uma vez que as tiras de pseudopele se arranjam e se curam e a matéria programável de suas roupas se costura de volta, Red volta a se parecer vagamente com uma mulher.

Ela caminha pelo campo de batalha, rastreando, se certificando.

Ela venceu, sim, venceu. Tem certeza de que venceu. Não foi?

Ambos os exércitos estão mortos. Dois grandes impérios se ruíram ali, cada um agindo como um recife para o casco do outro. Foi isso o que ela veio fazer. De suas cinzas, outros se erguerão, mais apropriados aos fins de sua Agência. Mas ainda assim.

Havia outra pessoa em campo — não uma terráquea, como os cadáveres ancorados no tempo empilhados pelo caminho, mas uma jogadora de verdade. Alguém do outro time.

Poucos dos companheiros de Red teriam sentido aquela presença rival. Red só sabe porque é paciente, solitária, cuidadosa. Ela estudou para esse encontro. Ela o remodelou muitas vezes em sua mente. Quando naves não estavam onde deveriam estar, quando cápsulas de fuga que precisavam ter sido disparadas não foram, quando tiros ecoaram trinta segundos depois do que deveriam, ela notou.

Duas vezes é coincidência. Três vezes é ação inimiga.

Mas por quê? Red fez o que tinha ido fazer, pensa. Porém guerras são cheias de ações e consequências, cálculos e estranhos atratores, especialmente as guerras no tempo. Uma vida poupada pode ser mais valiosa para o outro lado do que todo o sangue que mancha as mãos de Red hoje. Uma fugitiva se torna uma rainha ou uma cientista ou, pior, uma poeta. Ou a filha dela se torna, ou uma contrabandista com quem ela troca de uniforme em algum porto espacial distante. E todo esse sangue por nada.

Matar fica mais fácil com a prática, em mecânica e em técnica. Mas ter matado nunca fica, para Red. Seus colegas agentes não sentem o mesmo, ou escondem melhor.

Não é comum que os jogadores de Jardim encontrem Red no mesmo campo de batalha, no mesmo tempo. Sombras e jogadas certeiras fazem mais o estilo deles. Mas tem uma jogadora que iria. Red a conhece, embora elas nunca tenham se encontrado. Cada jogador tem sua assinatura. Ela reconhece os padrões de audácia e risco.

Red pode estar enganada. Ela raramente está.

Sua inimiga se deleitaria com esse truque de mágica: distorcer o grande trabalho de matança de Red para servir a seus próprios fins. Mas suspeitar não é o bastante. Red precisa encontrar provas.

Então ela caminha a esmo pelo campo mortuário da vitória e procura as sementes de sua derrota.

Um tremor passa pelo solo — não o chame de terra. O planeta morre. Grilos cricrilam. Grilos sobrevivem, por enquanto, entre as naves espatifadas e os corpos quebrados nesse prado caindo aos pedaços. Musgo-prateado devora o aço, e flores violeta entopem as armas mortas. Se o planeta durasse o suficiente, as vinhas brotando das bocas dos cadáveres dariam frutos.

Nenhuma das duas coisas vai acontecer.

Em um vão do solo arrasado, ela encontra a carta.

Está fora de lugar. Ali deveria haver corpos empilhados entre os destroços de naves que um dia percorreram as estrelas. Ali deveria haver a morte e a sujeira e o sangue de uma operação bem-sucedida. Deveria haver luas se desintegrando lá em cima, naves incendiadas em órbita.

Não deveria haver uma folha de papel cor de creme, limpo, exceto por uma única linha longa e repuxada escrita à mão: *Queime antes de ler.*

Red gosta de sentir. É um fetiche. Agora ela sente medo. E avidez.

Ela estava certa.

Procura nas sombras por sua caçadora, sua presa. Ela ouve um som infrassônico, ultrassônico. Anseia pelo contato, por uma nova batalha, mais digna, mas ela está sozinha com os cadáveres e os estilhaços e a carta que sua inimiga deixou.

É uma armadilha, é claro.

Vinhas crescem em cavidades oculares, se retorcem através de escotilhas quebradas. Flocos de ferrugem caem como neve. Metal range, pressionado, e se estilhaça.

É uma armadilha. Veneno seria grosseiro, mas ela não fareja nada. Talvez um noovírus na mensagem — para subverter seus pensamentos, semear um gatilho, ou meramente manchar a reputação de Red aos olhos de sua Comandante. Se ler essa carta, talvez ela seja gravada, exposta, chantageada para se tornar uma agente dupla. A inimiga é traiçoeira. Mesmo que isso seja apenas a primeira manobra de um jogo mais longo, ao ler, Red se arrisca à ira da Comandante, caso ela descubra, se arrisca a parecer uma traidora, nunca tendo sido tão leal.

A jogada mais esperta e cautelosa seria ir embora. Mas a carta é uma aposta feita, e Red precisa saber.

Ela encontra um isqueiro no bolso de um soldado morto. Chamas se acendem no fundo dos seus olhos. Fagulhas sobem, cinzas caem, e letras surgem no papel, na mesma caligrafia rebuscada.

Red contorce a boca: um esgar, uma máscara, o sorriso de uma caçadora.

A carta queima seus dedos enquanto a assinatura toma forma. Ela deixa as cinzas caírem.

Red então vai embora, tendo ao mesmo tempo cumprido e falhado na missão, e escala o fio em direção à sua casa, para o futuro trançado que sua Agência formata e protege. Nenhum vestígio dela permanece, salvo cinzas, ruínas e milhões de mortos.

O planeta espera por seu fim. Vinhas vivem, sim, e grilos, embora não haja ninguém para vê-los a não ser as caveiras. Nuvens de chuva ameaçam. Raios vicejam, e o campo de batalha fica monocromático. Trovões ecoam. Choverá essa noite, para lavar o vidro que era o chão, se o planeta durar esse tanto.

As cinzas da carta morrem.

A sombra de uma aeronave se retorce. Vazia, se expande.

Uma rastreadora emerge daquela sombra, carregando outras sombras com ela.

Em silêncio, a rastreadora observa os resultados. Ela não chora, até onde se vê. Ela caminha pelos escombros, sobre os corpos, profissional: cria uma espiral de vento, certificando-se, com artes longamente praticadas, de que ninguém a seguiu pelas trilhas silenciosas que percorreu para chegar nesse lugar.

O chão treme e se destroça.

Ela alcança o que antes era uma carta. Ajoelhando-se, remexe nas cinzas. Uma faísca sobe e ela a toma em sua mão.

Ela pega uma fina plaqueta branca de uma bolsa ao seu lado e a enfia sob as cinzas, espalhando-as contra a superfície branca. Retira sua luva e corta o dedo. Sangue arco-íris jorra e cai, respingando no cinza.

Ela mistura seu sangue nas cinzas para fazer uma massa, mistura essa massa, estica. Ao redor, a decomposição continua. As naves de guerra se tornam colinas de musgo. Armas enormes se quebram.

Ela aplica luzes áureas e sons singulares. Ela dobra o tempo.

O mundo se parte ao meio.

As cinzas se tornam um pedaço de papel, com tinta safira em uma caligrafia tortuosa no alto.

Essa carta deveria ser lida uma vez, depois destruída.

Nos momentos que antecedem o fim do mundo, ela lê de novo.

ontemplai as minhas obras, ó poderosos, e desesperai-vos!

Brincadeirinha. Acredite, eu contabilizei todas as variáveis de ironia. Embora eu suponha que se você não estiver familiarizada com as obras superantologizadas do início do século XIX do Filamento 6, a piada sou eu.

Eu estava te esperando.

Você está se perguntando o que é isso — mas não está, eu acho, se perguntando quem sou eu. Você sabe — assim como eu soube, desde que nossos olhos se encontraram durante aquela confusão em Abrogast-882 — que nós temos negócios pendentes.

Vou confessar a você que eu estava me tornando complacente. Entediada, até, com a guerra; com as incursões rápidas da sua Agência fio acima e fio abaixo, com a paciente plantação e poda de filamentos de Jardim, com me embrenhar na trança do tempo. A força imparável de vocês contra nosso objeto inamovível; mais um jogo da velha do que um jogo de Go, resultados determinados pelo primeiro movimento, repetições sem fim até o ponto onde surgem vertentes de possibilidades caóticas e instáveis — o futuro que procuramos assegurar à custa uma da outra.

Mas aí você apareceu.

Minhas margens sumiram. Todos os movimentos que eu fazia mecanicamente passei a ter que fazer com atenção completa. Você trouxe profundidade à velocidade do seu time, um poder duradouro, e eu me peguei trabalhando a toda novamente. Você revigorou o esforço de guerra do seu Turno e, no processo, me revigorou.

Por favor, veja minha gratidão ao seu redor.

Devo dizer que me dá um prazer imenso pensar em você lendo essas palavras em línguas e espirais de chamas, seus olhos incapazes de voltar atrás, incapazes de manter as letras na página; em vez disso, você precisa absorvê-las, guardá-las na memória. Para relembrá-las, você precisa procurar minha presença em seus pensamentos, enredada entre eles como a luz do sol na água. Para reportar minhas palavras a seus superiores, você precisa se admitir já infiltrada, outra baixa desse dia desafortunado.

É assim que vamos vencer.

Não é minha intenção apenas me gabar. Quero que você saiba que admirei suas táticas. A elegância do seu trabalho faz com que essa guerra pareça menos vã. Falando nisso, o sistema hidráulico na sua manobra esférica flanqueada era realmente magnífico. Espero que você tire algum conforto de saber que ele será completamente digerido pelas nossas trituradoras, então nossa próxima vitória contra o seu lado terá um pedacinho seu.

Mais sorte na próxima vez.

Com afeto,
Blue

gua ferve em uma jarra de vidro dentro de uma máquina de ressonância magnética. Desafiando provérbios, Blue fica observando.

Quando Blue vence — o que ocorre sempre —, ela passa para a próxima. Saboreia suas vitórias em retrospecto, entre missões, lembra-se delas somente enquanto viaja (fio acima, para o passado estável, ou fio abaixo, para o futuro em frangalhos), como alguém recordando versos de poesias favoritas. Ela alisa ou enrola os filamentos da trança do tempo com a delicadeza ou a brutalidade requerida, e vai embora.

Ela não tem o hábito de se demorar, porque não tem o hábito de falhar.

A máquina de ressonância magnética está em um hospital do século XXI, notavelmente vazio — evacuado, Blue observa —, mas que também nunca foi extraordinário, aninhado no coração verde de uma floresta dividida por fronteiras.

Era para o hospital estar cheio. O trabalho de Blue era uma delicada questão de infecção — despertar o interesse de uma médica em particular para uma nova cepa de bactérias, fazê-la lançar as bases para guiar seu mundo para dentro ou para longe de uma guerra biológica, a depender de como o outro lado respondesse à jogada de Jardim. Mas a oportunidade sumiu, a brecha se fechou, e a única coisa que Blue encontra lá é a jarra rotulada LEIA AO FERVER.

Então ela espera ao lado da máquina de ressonância magnética, refletindo sobre as agonias da simetria na aleatoriedade da água — os ossos magnéticos assentados como óculos de leitura na face termodinâmica do universo, registrando cada florescer e cada explosão de moléculas antes de se transformarem. Uma vez traduzido todo o vapor d'água para números, ela pega a impressão com a mão direita, a chave, e encaixa na folha em sua mão esquerda, uma carta dispersa que é a fechadura.

Ela lê, e seus olhos se arregalam. Ela lê, e fica mais difícil extrair os dados das profundezas de seu punho cerrado. Mas ela ri também, e o som ecoa pelos corredores vazios do hospital. Não está acostumada a ser contrariada. Isso a diverte um pouco, mesmo enquanto medita sobre como deslocar uma fase de fracasso para oportunidade.

Blue rasga a folha de dados e o texto cifrado, depois ergue um pé de cabra.

No seu encalço, uma rastreadora entra nos escombros da sala do hospital, encontra a máquina de ressonância magnética e a invade. A jarra de água esfriou. Ela vira seu tépido líquido goela abaixo.

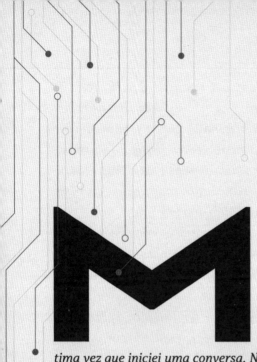

inha tão traiçoeira Blue,

como é que se começa esse tipo de coisa? Faz tanto tempo desde a última vez que iniciei uma conversa. Nós não somos tão isolados quanto vocês, nem tão presos em nossas mentes. Nós pensamos em público. Nossas ideias educam a todos, corrigem, expandem, reformam. E é por isso que vencemos.

Mesmo durante o treinamento, eu e as outras cadetes nos conhecíamos como se conhece um sonho de infância. Eu cumprimentava camaradas que pensava nunca ter encontrado, só para descobrir que já havíamos nos cruzado em algum canto estranho da nuvem, antes mesmo de sabermos quem éramos.

Então: eu não tenho habilidade em manter correspondência. Mas escaneei livros o suficiente e indexei exemplos o suficiente para ensaiar a forma.

A maioria das cartas começa com um endereçamento direto ao leitor. Eu já fiz isso, então agora vêm os negócios em comum: eu sinto muito que você não tenha conseguido encontrar a boa doutora. Ela é importante. Mais objetivamente, as filhas da irmã dela serão, se a doutora as visitar nesta tarde e elas discutirem padrões no canto dos pássaros — o que ela já terá feito quando você decifrar esta nota. Meus métodos astutos para tirá-la de suas garras? Problema no motor, um bom dia de primavera, um programa de acesso remoto suspeitosamente eficaz e barato que seu hospital adquiriu dois anos atrás e que permite a ela trabalhar de casa. Assim trançamos o Filamento 6 para o Filamento 9, e nosso glorioso futuro de cristal brilha tão forte que eu tenho que usar óculos escuros, como diz o profeta.

Ao lembrar nosso último encontro, pensei que seria melhor me certificar de que você não desvirtuasse mais nenhum terráqueo para seus propósitos, por isso a ameaça de bomba. Tosco, mas eficaz.

Eu aprecio a sua sutileza. Nem toda batalha é grandiosa, nem toda arma é violenta. Mesmo nós que lutamos guerras através do tempo esquecemos o valor de uma palavra no momento certo, um ruído no motor do carro certo, um prego na ferradura certa... É tão fácil esmagar um planeta que o valor de um sopro em um banco de neve pode passar despercebido.

Se dirigir ao leitor — feito. Discutir negócios em comum — feito, quase.

Imagino você rindo desta carta, descrente. Já vi você rindo, eu acho — nas fileiras do Exército Sempre Vitorioso, enquanto suas duplicatas queimavam o Palácio de Verão e eu resgatava o que podia do maravilhoso dispositivo mecânico do Imperador. Você marchou desdenhosa e feroz pelos corredores, caçando uma agente que não sabia que era eu.

Então te imagino cuspindo fogo. Você acha que criou raízes em mim, que plantou sementes ou esporos no meu cérebro — qualquer metáfora vegetal da sua preferência. Mas aqui eu pago a sua carta com a minha. Agora nós temos uma correspondência. Se seus superiores descobrem a respeito, terá início uma série de perguntas que, imagino, vão te deixar desconfortável. Quem está *infectando quem? Aprendemos com os troianos, no meu tempo. Você responderá, estabelecendo cumplicidade, continuando o nosso rastro autodestrutivo de papel, apenas para ter a última palavra? Ou vai parar, deixando meu bilhete tecer sua matemática fractal dentro de você?*

Eu me pergunto o que eu preferiria.
Finalmente: concluir.
Isso foi divertido.

Minhas lembranças às imensas e destroncadas pernas de pedra,
Red

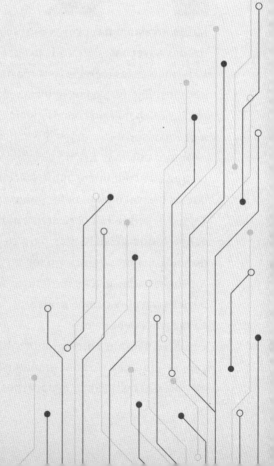

ed procura caminho por um labirinto de ossos.

Outros peregrinos vagam por ali, em túnicas cor de açafrão ou feitas de juta. Sandálias se arrastam nas pedras e ventos fortes sibilam pelos cantos das cavernas. Pergunte aos peregrinos como o labirinto se formou e eles oferecerão respostas tão variadas como seus pecados. Gigantes o construíram, um deles declara, antes de os deuses acabarem com os gigantes e abandonarem a Terra à própria sorte nas mãos dos mortais. (Sim, isso é a Terra — muito antes da Era do Gelo e dos mamutes, muito antes do que os acadêmicos muitos séculos fio abaixo pensarão que é possível o planeta ter gerado peregrinos ou labirintos. Terra.) A primeira cobra construiu o labirinto, diz outro, se contorcendo pelas rochas para se esconder do julgamento do sol. Foi a erosão, diz um terceiro, e o grande e silencioso movimento das placas tectônicas, forças grandiosas demais para as baratas compreenderem, lentas demais para seres efêmeros observarem.

Eles passam entre os mortos, sob lustres feitos de escápulas, janelas rosadas emolduradas por costelas. Flores intrincadas delineando metacarpos.

Red não pergunta nada aos outros peregrinos. Ela tem sua missão. Ela toma cuidado. Não deve encontrar qualquer oposição ao torcer ligeiramente aquele ponto tão fio acima. No coração do labirinto há uma caverna, e lá de dentro logo soprará uma rajada de vento, e se esse vento assoviar nos ossos flauteados corretos, um peregrino ouvirá o lamento como um agouro que o fará renunciar a todos os bens mundanos e se retirar para construir um eremitério no cume de uma montanha distante, de maneira que o eremitério irá existir dali a duzentos anos para abrigar uma mulher em fuga com uma criança durante uma tempestade, e por aí vai. Começa com uma pedra rolando, então em três séculos se tem uma avalanche. Não há muita graça em uma missão dessas, poucos desafios, desde que ela siga o roteiro. Nenhuma provocação que perturbe seu caminho.

Será que sua adversária — Blue — leu sua carta? Red gostou de escrevê-la — a vitória tem um gosto doce, porém mais doce é triunfar e provocar. Em cada operação desde então, ela vem sendo mais cautelosa, esperando o troco, ou que a Comandante descubra sua pequena violação de disciplina e lhe dê a punição. Red tem suas justificativas prontas: desde sua desobediência, ela tem sido uma agente melhor, mais meticulosa.

Mas nenhuma resposta veio.

Talvez estivesse enganada. Talvez sua inimiga não se importe, afinal.

Os peregrinos seguem guias pelo caminho da sabedoria. Red avança e percorre passagens estreitas e tortuosas no escuro.

A escuridão não a incomoda. Seus olhos não funcionam como olhos normais. Ela fareja o ar e análises olfativas se iluminam em seu cérebro, oferecendo uma trilha. Em um nicho específico, ela retira da bolsa um pequeno tubo que lança luz vermelha sobre os esqueletos dispostos ali dentro. Da primeira vez que faz isso, ela não encontra nada. Da segunda vez, sua luz cintila em uma listra pulsante em um fêmur aqui, em uma mandíbula ali.

Satisfeita, ela coleta o fêmur e a mandíbula em sua bolsa, depois apaga a luz e se aprofunda mais na caverna.

Imagine-a na noite total, invisível. Imagine os passos, um após o outro, que nunca se cansam, nunca escorregam na poeira da caverna ou no cascalho. Imagine a precisão com que sua cabeça gira sobre o pescoço grosso, movendo-se em um arco calculado de um lado para outro. Ouça (dá para ouvir, por pouco) os giroscópios zumbirem em suas entranhas, lentes clicando sob a gelatina de camuflagem daqueles olhos totalmente negros.

Ela se move tão rápido quanto possível, dentro dos parâmetros operantes.

Mais luzes vermelhas. Mais ossos se juntam aos outros na bolsa. Ela não precisa conferir seu relógio. Um temporizador tiquetaqueia no canto de sua vista.

Quando ela acha que encontrou os ossos de que precisa, ela desce.

Bem mais abaixo no caminho da sabedoria, os criadores desse lugar escuro esgotaram seus cadáveres. Os nichos permanecem, esperando — talvez por Red.

Mesmo os nichos acabam, em certo ponto.

Logo depois disso, os guardas se lançam sobre ela: gigantes sem olhos cultivados pelas senhoras de dentes afiados desse lugar. As unhas dos gigantes são amarelas, grossas e rachadas, e seus hálitos não fedem tanto quanto o esperado.

Red os derruba rápida e silenciosamente. Ela não tem tempo para a abordagem menos violenta.

Quando já não consegue mais ouvir seus gemidos, ela chega na caverna.

Sabe, pela mudança no eco de seus passos, que encontrou o lugar certo. Quando ela se ajoelha e estende a mão, sente dez centímetros remanescentes de chão, e então o abismo. Golpes de vento forte e frio passam por ela: o hálito da própria Terra, ou de algum monstro nas profundezas. Uiva. O som chacoalha os móbiles de ossos que as freiras fabricam ali embaixo, para se lembrarem da impermanência da carne. Os ossos cantam e giram, pendurados por fios de medula na escuridão.

Red tateia seu caminho pela borda até encontrar um dos grandes troncos de árvore ancorados, de onde pendem os móbiles. Ela desliza pelo tronco até chegar aos ossos de uma antiga freira, pendurados por alguma outra.

A contagem regressiva em seu olho a avisa de que resta pouco tempo.

Ela liberta os velhos ossos com suas unhas afiadas feito diamantes e pega as reposições em sua bolsa. Pendura-os um por um no fio de medula, conectando o crânio e a fíbula, mandíbula e esterno, cóccix e processo xifoide.

A contagem regressiva continua. Sete. Seis.

Ela dá os nós rapidamente, guiada pelo toque. Seus membros a informam de que estão doloridos nos pontos onde se agarram a esse velho tronco sobre uma queda incomensurável.

Três. Dois.

Ela deixa os ossos caírem sobre o abismo.

Zero.

Uma rajada de vento divide a terra, um rugido na escuridão. Red se agarra ao tronco petrificado como se a uma amante. O vento atinge o pico, grita, lança ossos por todo lado. Uma nova nota se eleva acima do barulho do ossuário, despertada pelo vento da caverna assobiando em sulcos específicos dos ossos que Red pendurou. A nota cresce, muda e se avoluma em voz.

Red escuta, mostrando os dentes em uma expressão que, se visse no espelho, não saberia nomear. Há assombro, sim, e fúria. O que mais?

Ela escaneia a caverna sem luz. Não detecta qualquer sinal de calor, qualquer movimento, nem zunido de radar nem emissões eletromagnéticas ou rastro de nuvem — é claro que não. Ela se sente gloriosamente exposta. Pronta para o tiro ou para o momento da verdade.

Cedo demais, o vento morre, e a voz com ele.

Red xinga no silêncio. Lembrando-se da era, ela invoca deidades locais da fertilidade, estrutura métodos inventivos para suas cópulas. Ela exaure seu arsenal invectivo e rosna, sem palavras, e cospe no abismo.

Depois de tudo isso, como profetizado, ela ri. Frustrada, amarga, mas ainda assim há humor em seu riso.

Antes de partir, Red serra os ossos que pendurou, libertando-os. O peregrino que ela queria moldar se foi, e o eremitério será desconstruído. Agora Red tem que arrumar a bagunça usando toda a sua habilidade.

Os ossos abandonados rolam e rolam e caem e caem.

Mas não se preocupe. A rastreadora os pega antes que cheguem ao chão.

Querida Red, em Dente, em Garra,

você estava certa, eu ri. Sua carta foi muito bem-vinda. Me disse muito. Você me imaginou cuspindo fogo; sabendo como você repara em cada detalhe, pensei em pôr um diabinho para morar nele.

Talvez eu devesse começar com desculpas. Receio que este não seja o agouro que você estava esperando; enquanto ouve minhas palavras, talvez queira pensar um pouco sobre de quem eram os ossos flauteados que ecoam esta carta. O pobre peregrino com tanto futuro! Por que deixar um rastro de papel incriminatório quando podia desfrutar de destruir uma vantagem sua em uma sessão de entalhamento, e depois deixar o vento roçar um pouco de marfim?

Não se preocupe — ele viveu uma boa vida primeiro. Não a vida que você queria para ele, talvez — infeliz, mas útil à posteridade, abrigando os vulneráveis, batendo o ponto do futuro, uma nova vida por vez. Em vez de construir um eremitério, ele se apaixonou! Fez músicas gloriosas com seu companheiro, viajou largamente, tirou lágrimas de uma imperadora, derreteu seu coração de pedra, empurrou a história de um trilho para outro.

O Filamento 22 cruza o Filamento 56, se não estou enganada, e em algum lugar fio abaixo um botão desabrochou tão belamente que é possível prová-lo.

Me sinto lisonjeada por toda a sua atenção. Tenha certeza de que a observei demoradamente enquanto você montava meu pequeno projeto de arte. Você vai ficar parada ou se virar bruscamente quando souber que estou lhe observando? Você vai me ver? Imagine que estou acenando, caso não veja; estarei longe demais para que você veja a minha boca.

Brincadeira. Já terei ido embora quando o vento fizer a curva. Mas fiz você olhar, não fiz?

Também imagino você rindo.

Espero a sua resposta,
Blue

lue se aproxima do templo disfarçada de peregrina: cabelo raspado para mostrar o brilho dos circuitos enrolados em torno das orelhas e subindo pelo escalpo, olhos protegidos, a boca uma nódoa de cromo resplandecente, pálpebras de cromo pesado. Ela usa antigas teclas de uma máquina de escrever na ponta dos dedos, em veneração ao grande deus Hack, e seus braços estão ornamentados em espirais de ouro, prata, paládio, cintilando forte contra sua pele escura.

Vista de cima, ela é uma entre milhares, indistinguível entre os corpos se esbarrando e arrastando-se em direção ao templo: um poço cavado no centro de um vasto pavilhão ensolarado. Ninguém entra: tal calor reverente murcharia o deus deles em sua videira de silício.

Mas ela precisa chegar lá dentro.

Blue tamborila seus dedos de teclas um contra o outro com a precisão de uma dançarina. *A, C, G, T*, para trás e para a frente, bifurcados, reunidos. As sequências de ritmo percussivo geram do nada um malware, que ela vem desenvolvendo há gerações, um organismo espalhando tentáculos invisíveis pela rede neural daquela sociedade, inofensivo até ser executado.

Ela estala os dedos. Uma faísca se acende entre eles.

Os peregrinos — todos os dez mil, todos de uma vez — colapsam, perfeitamente silenciosos, em um enorme monte ornamentado.

Ela ouve os chiados e estouros dos circuitos superaquecidos causando falhas na ignição de cérebros filigranados e caminha pacificamente entre os peregrinos incapacitados, os membros trêmulos deles batendo como ondas suaves em seus tornozelos.

Blue acha muito divertido que, ao desabilitar o templo, ao montar esse ataque, ela mesma tenha realizado um ato de devoção ao deus deles.

Ela tem dez minutos para navegar o labirinto do templo: descer a escada de serviço uma mão após a outra, depois uma palma contra a parede escura e seca para seguir suas linhas quebradas até um centro. Está frio no subsolo, mais frio em sua pele nua, mais frio quanto mais fundo desce, e ela treme, mas não reduz a velocidade.

No centro há uma tela quadrangular, que se ilumina quando Blue se aproxima.

— Olá, eu sou o Mackint...

— Quieta, Siri. Estou aqui pelas charadas.

Olhos e uma boca — não se pode exatamente chamar de face — animam a tela, encarando-a seriamente.

— Muito bem. Como se calcula a hipotenusa de um triângulo retângulo?

Blue inclina a cabeça, imóvel, exceto pelos dedos se flexionando ao lado do corpo. Ela limpa a garganta.

— "Era briluz, e as lesmolisas touvas/ roldavam e reviam nos gramilvos..."

A tela de Siri pisca com estática antes de perguntar:

— Qual é o valor de pi em sessenta e duas casas decimais?

— "O junco à beira do lago já secou,/ E nenhum pássaro canta."

Um punhado de neve cai pela face de Siri.

— Se o trem A sai de Toronto às seis da tarde viajando para o leste a cem quilômetros por hora, e o trem B sai de Ottawa às sete da noite viajando para o oeste a cento e vinte quilômetros por hora, quando eles irão se cruzar?

— "Veja! O encanto agora trabalha ao seu redor,/ E a corrente sem tinido te atou;/ Sobre teu coração e cérebro juntos/ A palavra foi passada — agora murche!"

Um flash de luz: Siri desliga.

— Além disso — acrescenta Blue, aproximando-se gentilmente da tela, erguendo-a para colocá-la na pesada bolsa ao lado —, Ontário é um saco. Como diz o profeta.

A tela pisca de novo; ela dá um passo atrás, assustada. Palavras rolam pela superfície e, enquanto elas sobem, os olhos de Blue se arregalam e a luz branco-azulada da tela se reflete na pintura cromada de sua boca, que se abre, lentamente, em um sorriso feroz.

Ela bate as teclas uma última vez antes de arrancá-las de seus dedos, arrancar o brilho da boca, o metal de seus braços. Ao dar um passo para dentro da trança, a pilha de ornamentos encolhe, enferruja, esfarela, indistinguível da areia fina do chão da caverna. A rastreadora, em seu encalço, distingue cada grão.

Queridíssima Blue-da-ba-dee,

uma intrusão audaciosa! Meus parabéns. Eu jamais teria acreditado que o seu time se arriscaria a trabalhar no Filamento 8827 tão fio abaixo até reconhecer sua assinatura peculiar. Estremeço ao imaginar uma incursão contrária de mesmo porte — que o acaso impeça a Comandante de algum dia me despachar para um dos seus mundos-élficos de vinhas-colmeias, profusamente floral, cheio de velhas árvores arqueadas, pólen neural, abelhas recolhendo memórias de olhos e línguas, bibliotecas de mel escorrendo conhecimento do favo. Não guardo ilusões de que seria um sucesso. Você me encontraria em um instante, me esmagaria ainda mais rápido — eu deixaria uma trilha de podridão pela sua verdejança, por mais leve que fossem meus passos. Eu tenho um dedo-verde-de-Cherenkov.

(Eu sei, eu sei: a radiação de Cherenkov é... bom... é azul. Nunca deixe que os fatos estraguem uma boa piada.)

Mas você é sutil. Eu mal ouvi os sinais da sua aproximação — não vou dizer quais foram, por razões que você entenderá. Me imagine, se quiser, agachada no topo de uma escadaria, pernas encolhidas, fora de vista, contando os passos da ladra enquanto ela sobe. *Você não é ruim nisso. Eles te plantaram para esse propósito? Como é que o seu lado lida com esse tipo de coisa, afinal? Eles te engendraram sabendo o que você seria? Eles te treinaram, te testaram no que só posso imaginar como um tipo de acampamento de verão pavoroso sob os olhos vigilantes de conselheiras que sorriam o tempo todo?*

Suas chefes te mandaram aqui? Você tem chefes? Ou uma rainha? Alguém da sua cadeia de comando quer o seu mal?

Pergunto porque nós podíamos ter te pegado aqui. Esse filamento é um afluente importante; a Comandante poderia colocar um enxame de agentes em campo sem muito risco causal. Imagino você lendo isso, pensando que teria escapado de todos. Talvez.

Mas esses agentes estão ocupados em outros lugares, e teria sido uma perda de tempo (ha!) convocá-los e despachá-los de novo. Em vez de incomodar a Comandante com algo que eu podia facilmente resolver sozinha, intercedi diretamente. Mais fácil para nós duas.

É claro, eu não podia deixar você roubar o deus dessas pobres pessoas. Não precisamos desse lugar em específico, mas precisamos de algo do tipo. Certamente você consegue imaginar o trabalho necessário para reconstruir tal paraíso do zero (ou mesmo para recuperar seu brilho dos escombros). Pense por um segundo — se você tivesse conseguido, se roubasse o objeto físico do qual a lenta decomposição quântica dependem os geradores de números aleatórios desse filamento, se isso desencadeasse uma crise criptográfica, se essa crise levasse as pessoas a desconfiar de suas impressoras de alimento, se massas famintas se rebelassem, se as rebeliões alimentassem os fogos da guerra, nós teríamos que começar de novo — canibalizando outros filamentos, provavelmente da sua trança. E então estaríamos uma ainda mais em cima da outra.

Além do mais, desse jeito eu posso retribuir aquela brincadeira nas catacumbas — com o meu próprio recado! Mas o espaço está acabando. Você gosta do Filamento 6 do século XIX. Bem, O guia de etiqueta e correspondência da sra. Leavitt *(Londres, Gooseneck Press, Filamento 61) sugere que eu deveria terminar recapitulando a tônica principal da minha carta, seja lá o que isso signifique, então aqui vai: Ha-ha, perdedora. O objetivo da sua missão está em outro castelo.*

Abraços e beijos,
Red

PS. O teclado está coberto com veneno de contato de ação lenta. Você estará morta em uma hora.
PPS. Brincadeira! Ou... não?
PPPS. Só estou mexendo contigo. Mas pós-escritos são muito divertidos!

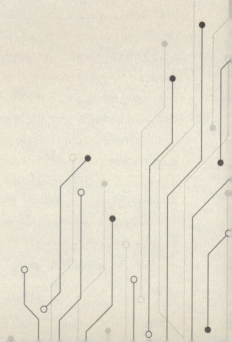

Árvores caem na floresta, fazendo barulho.

A horda avança entre elas, avaliando, balançando machados, usando serras para coagir notas graves dos pinheiros. Cinco anos atrás, nenhum desses guerreiros tinha visto floresta assim. Em seus lares, os bosques sagrados eram chamados de *zuun mod*, que significa "uma centena de árvores", porque uma centena era o número de árvores que eles achavam que podiam ser reunidas em um só lugar.

Muito mais do que cem árvores se erguem ali, uma quantidade tão vasta que ninguém se atreve a numerar. Úmido, o vento frio se derrama das montanhas, e galhos batem como asas de gafanhotos. Guerreiros passam sob as sombras dos pinheiros, fazendo seu trabalho.

Pingentes de gelo pingam e se quebram quando as grandes árvores caem, e abatidas, as árvores deixam vãos no verde que revelam o céu branco e frio. Os guerreiros gostam mais dessas nuvens sem graça do que da escuridão da floresta, mas não tanto quanto amam o azul de casa. Eles amarram os troncos com cordas e os arrastam por entre arbustos pisoteados até o acampamento, onde eles serão descascados e aplainados para que se construa a grande máquina de guerra do Khan.

Uma transformação estranha, alguns acham: quando eram jovens, ganharam sua primeira batalha com arcos, a cavalo, dez homens contra vinte, duzentos contra trezentos. Então aprenderam a usar os rios contra seus inimigos, a derrubar suas muralhas com ganchos fixantes. Agora eles vão de cidade em cidade recolhendo estudiosos, padres e engenheiros, todos que sabem ler ou escrever, que sabem um ofício, e dão a eles tarefas. Vocês terão comida, água, descanso, todo o luxo que um exército em marcha pode oferecer. Em troca, resolvam os problemas que nossos inimigos nos apresentam.

Houve época em que cavaleiros invadiam as fortificações como ondas contra rochedos. (A maioria desses homens nunca viu ondas ou rochedos, mas viajantes carregam histórias de terras distantes.) Agora os cavaleiros arrasam os inimigos, os conduzem aos seus fortes, exigem rendição e, se a rendição não acontece, levantam suas máquinas para desfazer o nó da cidade.

Mas essas máquinas precisam de toras, então os guerreiros são enviados para roubar de fantasmas.

Red, cavalgando há dias, desmonta dentro da floresta. Ela usa um grosso cinturão de utilidades de seda cinza e um chapéu de pele cobre seu cabelo, preservando seu escalpo do frio. Ela anda pesadamente. Ela empertiga os ombros. Está fazendo esse papel por pelo menos uma década. Mulheres cavalgam com a horda — mas ela é um homem agora, pelo menos até onde sabem aqueles que lhe dão ordens, e os que por sua vez seguem as ordens dela.

Ela guarda o projeto na memória para seu relatório. Sua respiração solta vapor, brilha conforme cristais de gelo se formam. Ela sente falta do calor? Ela sente falta de paredes e de um teto? Ela sente falta dos implantes de dormência costurados a seus membros e emaranhados em seu peito que poderiam protegê-la contra esse frio, fazer com que parasse de sentir, selar um campo de força ao redor de sua pele para resguardá-la deste tempo para o qual foi enviada?

Na verdade, não.

Ela nota o verde profundo das árvores. Ela mede o tempo de suas quedas. Ela grava o branco do céu, a ferocidade do vento. Ela lembra os nomes dos homens pelos quais passa. (A maioria é homem.) Dez anos atuando disfarçada, tendo se juntado à horda, provado seu valor e alcançado o posto que almejava, ela se sente preparada para essa guerra.

Ela se preparou para isso.

Outros recuam por respeito e medo enquanto ela examina as toras empilhadas em busca de sinais de podridão. Seu cavalo ruão relincha, pisoteia a terra. Red tira a luva e traça a madeira com a ponta dos dedos, tora por tora, anel por anel, sentindo a idade de cada uma.

Ela para quando encontra a carta.

Ajoelha-se.

Os outros a rodeiam: o que a perturbou tanto? Um mau presságio? Uma maldição? Alguma falha no trabalho do lenhador?

A carta começa no coração da árvore. Anéis, mais grossos aqui e mais finos ali, formam símbolos em um alfabeto que ninguém presente conhece, apenas Red. As palavras são pequenas, às vezes borradas, mas ainda assim: dez anos por linha de texto, e muitas linhas. Mapear raízes, depositar ou drenar nutrientes ano a ano, a mensagem deve ter levado um século para se esculpir. Talvez lendas locais contem de alguma fada ou deusa congelada nesses bosques, vista sempre apenas por um instante. Red pensa em que expressão ela fazia ao empunhar a agulha.

Ela memoriza a mensagem. Sente-a sulco por sulco, linha por linha, e realiza uma lenta aritmética dos anos.

Seus olhos mudam. Os homens ao redor a conhecem há dez anos, mas nunca a viram desse jeito.

— Devemos jogar fora? — um deles pergunta.

Ela sacode a cabeça. O tronco deve ser usado. *Ou alguém pode encontrar isso e ler o que eu li*, é o que ela não diz.

Eles arrastam as toras até o acampamento. Eles as partem, cortam, aplainam, transformam-nas em máquinas de guerra. Duas semanas depois, as tábuas jazem destruídas ao redor das muralhas derrubadas de uma cidade ainda em chamas, ainda em choro. O progresso avança a galope, e o sangue fica para trás.

Abutres circundam, mas eles já se fartaram ali.

A rastreadora cruza a terra estéril, a cidade quebrada. Ela junta as farpas dos destroços das máquinas e, enquanto o sol se põe, as enfia uma a uma em seus dedos.

Sua boca se abre, mas ela não emite nenhum som.

Minha perfeita Red,

quantas tábuas a horda mongol ordenaria se os mongóis soubessem tabuada? Talvez você possa me dizer, depois que terminar sua missão nesse filamento.

A ideia de que você podia ter me prendido (ou me filamentado, talvez? Nossa, essa foi péssima) é tão deliciosa que eu me confesso até meio vencida. Você sempre prefere jogadas seguras, então? Calcula tudo tão precisamente que rejeita de antemão qualquer projeto com uma taxa de sucesso menor que oitenta por cento? Me dói pensar que você daria uma jogadora de pôquer tão chata.

Mas aí eu imagino que você trapacearia, e isso é um conforto.

(Eu nunca ia querer que você me deixasse vencer. Que ideia!)

Eu estava de óculos, mas imagine, por favor, meus olhos se arregalando diante das suas doces perguntas no Filamento 8827. Se minhas chefes me mandaram para lá! Se eu tenho chefes! Uma sugestão de corrupção na minha cadeia de comando! Uma preocupação encantadora pelo meu bem-estar! Você está tentando me recrutar, querida Cochonilha?

"E então estaríamos uma ainda mais em cima da outra."
Ah, flor. Você fala como se fosse uma coisa ruim.

Fico pensando em como somos um microcosmo da guerra como um todo, você e eu. Uma ação e uma reação oposta e igual. Meu mundo élfico de vinhas-colmeias, como você disse, versus a sua distopia tecnomecânica. Nós duas sabemos que nada é tão simples, assim como a resposta a uma carta não é seu oposto. Mas qual ovo precedeu qual ornitorrinco? Os fins nem sempre se assemelham aos nossos meios.

Mas chega de filosofia. Deixe-me dizer o que você me disse, sendo direta: você podia ter me matado, mas não matou. Você agiu sem o conhecimento ou a sanção da sua Agência. Sua visão da vida em Jardim é tão cheia de estereótipos bobos que posso ler isso como uma tentativa calculada de provocar uma resposta mordaz e imprudente (o que é hilário, visto o tempo que demorei para fazer crescer essas palavras), mas dita com uma beleza tão cuidadosa que pareceu uma confissão verdadeira de ignorância e curiosidade.

(Nós temos mesmo um mel esplêndido: melhor se comido na densidade do favo, espalhado em pão quente com queijo macio, em uma parte fresca do dia. O seu povo ainda come? Ou são apenas tubos e nutrição intravenosa, metabolismos otimizados para comidas de filamentos distantes? Você dorme, Red, ou sonha?)

Também quero falar diretamente, antes que se acabem os anos dessa árvore, antes que os bons camaradas sob o seu comando façam armas de cerco com as minhas palavras: o que você quer com isso, Red? O que você está fazendo aqui?

Me diga alguma verdade ou não diga nada.

Atenciosamente,
Blue

PS. Eu fiquei emocionada com você ter se dado ao trabalho de pesquisar por minha causa. O guia da Sra. Leavitt é muito bom. Agora que você descobriu os pós-escritos, estou imaginando o que vai inventar com tinta aromatizada e lacres!

PPS. Não há truques aqui, nenhuma provocação. Mande lembranças minhas ao Genghis deste filamento. A gente ficava deitado observando as nuvens juntos quando éramos jovens.

lue vê o nome que escolheu para si refletido em todo lugar ao redor: blocos de gelo lambidos pela lua, oceano denso de gelo flutuante, líquido transformado em vidro. Ela masca um pedaço de biscoito seco no convés enquanto a tripulação do navio dorme, espana as migalhas de suas luvas e as observa caírem no breu salpicado de branco das águas.

O nome do veleiro é *A rainha de Ferryland*, e carrega uma tripulação de caçadores sedentos por empilhar escalpos no porão, famintos pelo que pele e carne e gordura poderão comprar na baixa estação. O interesse de Blue está parte no óleo, mas principalmente na instalação de novas tecnologias a vapor: há uma série de resultados a alcançar, um ponto a partir do qual derrubar a indústria, um leme com o qual conduzir esses navios por entre a cruz de um fracasso e a espada de outro, a um curso que leva para Jardim.

Sete filamentos se enredam no colapso ou na sobrevivência desta pescaria — insignificante aos olhos de alguns, imensurável aos de outros. Em alguns dias, Blue se pergunta por que alguém sequer se incomodou em criar números tão pequenos; outros dias, ela supõe que até o infinito precisa começar em algum ponto.

Esses dias raramente acontecem quando está em uma missão.

Quem pode dizer o que Blue pensa durante uma missão, quando missões são frequentemente vidas inteiras, quando a história criada para que ela empunhe um gancho de caçador leva anos? Tantos papéis, vestidos, festas, calças, intimidades envolvidas em conseguir uma cabine e se agasalhar em roupas disformes para se proteger do inverno do Novo Mundo.

O horizonte pisca e a manhã boceja sobre ele. Caçadores avançam pelas laterais do veleiro, Blue entre eles: remam pelo gelo, ferramentas à mão, rindo, cantando, acertando crânios e cortando peles.

Blue já carregou três peles a bordo quando uma grande e impetuosa foca atrai sua atenção: ela levanta a cabeça ameaçadoramente por meio segundo antes de disparar para a água. Blue é mais rápida. O crânio da foca se quebra como um ovo sob seu porrete. Ela se agacha ao lado do animal para inspecionar a peliça.

A visão a atinge como um hakapik. Ali, na pele coberta de gelo, manchada e marcada como papel artesanal barato, pontos e salpicos se transformam em uma palavra que ela consegue ler: "Blue".

Sua mão não treme enquanto ela arranca o couro. Sua respiração está tranquila. Ela vinha mantendo as luvas majoritariamente limpas, mas agora as mancha de vermelho, vermelho como certo nome.

Enterrado nas profundezas das vísceras brilhantes está um pedaço de bacalhau seco, não digerido, arranhado e sulcado com linguagem. Ela mal percebe que se acomodou sobre o gelo, pernas cruzadas, confortável, como se fosse uma xícara de chá, e não tripas de foca, soltando um vapor escuro e fragrante ao seu lado.

Ela vai guardar a peliça. O bacalhau, vai esmagar até virar pó, espalhar sobre algum biscoito rançosamente amanteigado e comer no jantar; o corpo, ela vai descartar do jeito habitual.

Quando a rastreadora chega, forte e rápida em seu encalço, tudo o que resta é uma mancha vermelho-escura na neve azul. De quatro, ela lambe e chupa e mastiga até que toda a cor desapareça.

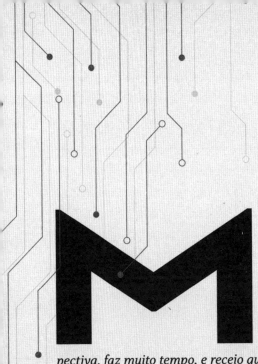

inha querida Humor Índigo,

eu peço desculpas, bem, por tudo. Da minha perspectiva, faz muito tempo, e receio que da sua também, desde a sua carta — eu passei mais ou menos outra década com Genghis (que te manda um oi, por falar nisso; ele me contou as mais interessantes histórias sobre você, ou acho que foram sobre você), depois vieram os relatórios de pós-ação, e depois tive que passar pelo ritual habitual de reentrançamento. Por último, uma avaliação. Eu passei — como sempre. As bobagens de toda vez. Imagino que você tenha algo do tipo: a Agência faz uma ocupação bem fio abaixo, depois os agentes precisam subir; então a Comandante suspeita dos agentes que retornam. Sim, nós mudamos em nossas viagens; sim, adquirimos nuances; nós nos desenvolvemos; nos comportamos de modo antissocial. A adaptação é o preço da vitória. Seria de imaginar que eles saberiam disso.

    Eu passei a maior parte de um ano me recuperando do seu suposto senso de humor. Hordas e tábuas!

    Consultei a literatura sobre perfumes e ceras para lacres, como você sugeriu. É tudo um pouco contraintuitivo, esse negócio de comunicação por matéria de base. Fechar uma carta — um *objeto físico sem nenhum fantasma na nuvem, todos os dados em um frágil pedaço de papel — com uma substância ainda mais maleável, carregando, de todas as coisas, uma assinatura ideográfica! Informando a qualquer um que a manuseie do remetente da mensagem, de sua função, talvez até de seu propósito! Uma loucura — no que diz respeito à segurança operacional. Mas, como dizem os profetas, não há montanha alta o bastante — então eu ensaiei o trabalho aqui. Espero que você faça proveito da sua foca lacrada. Não adicionei nenhum perfume extra, mas o meio tem o próprio sabor.*

Cartas são um tipo de viagem no tempo, não é? Eu imagino você rindo da minha piadinha; imagino você resmungando; imagino você jogando minhas palavras fora. Você ainda está comigo? Estou me dirigindo ao vazio e às moscas que vão comer essa carcaça? Você poderia me abandonar por cinco anos, poderia nunca retornar — e eu tenho que escrever o resto disso aqui sem saber.

Prefiro recibos de leitura, pensando bem — o aperto de mão instantâneo da telepatia lenta através dos cabos. Mas esta é uma tecnologia fascinante, em suas limitações.

Você pergunta se nós comemos.

É uma pergunta difícil de responder. Não há mono-nós; há muitos nóses. Os nóses mudam e se entrefolham. Você já olhou as engrenagens de um relógio? Mas quero dizer um relógio realmente bom — se quiser entender do que estou falando, desça o fio até o século 33-ce, em Gana. A Limited Unlimited, em Acra, faz peças com engrenagens translúcidas em nanoescala, do tamanho de grãos de areia, dentes invisivelmente pequenos, ações e reações e complicações: elas quebram a luz como um caleidoscópio. E marcam as horas muito bem. Há uma de você, mas tantos de nós — peças sobrepostas em peças, cada uma com os próprios traços, desejos, propósitos. Uma pessoa pode usar rostos diferentes em salas diferentes. As mentes trocam de corpo por esporte. Todo mundo é o que quiser. A Agência impõe um mínimo de ordem. Então, nós comemos?

Eu como.

Não preciso comer. Somos cultivados em cápsulas, nossos conhecimentos básicos são transmitidos coorte por coorte, o equilíbrio de nutrientes é mantido pelo banho de gel, e lá a maioria de nós fica, com nossas mentes vagando, desencarnadas, pelo vazio, de estrela em estrela. Vivemos de modo remoto, exploramos com drones — o mundo físico sendo só mais um entre muitos, e comparativamente desinteressante para a maioria. Alguns decantam e vagueiam, mas conseguem se sustentar por meses com uma carga, e sempre há uma cápsula para onde voltar, quando se quer.

Tudo isso se refere em maior parte aos civis, é claro. Agentes precisam de modos mais independentes de operação. Estamos separados da massa e nos locomovemos em nossos próprios corpos. É mais fácil assim.

Comer é nojento, não é? De modo abstrato, quero dizer. Quando se está acostumada com estações de recarga no hiperespaço, com luz do sol e raios cósmicos, quando as maiores belezas que você conhece repousam no coração de uma grande máquina, é difícil entender o apelo de usar ossos que saem de buracos em gengivas cobertas de saliva para esmagar coisas que crescem na terra de modo que virem uma pasta que vai descer pelo úmido tubo conectando sua boca ao saco ácido sob seu coração. Os novos recrutas levam muito tempo para se acostumar, depois que se decantam.

Mas eu gosto de comer, hoje em dia. Muitos de nós gostam, mais do que admitem publicamente. Tiro prazer disso, como só se tira de ações desnecessárias. A corredora gosta de correr quando não tem que fugir de um leão. O sexo é melhor quando descasado — desculpe — do desespero animal da procriação (ou mesmo do desespero de não ter feito sexo em algum tempo, como observei empiricamente após meu recente período de seca de duas décadas).

Eu mordo uma panqueca de mirtilo coberta de xarope de bordo, manteiga extra — aquela maciez expandida, a frutinha estourando contra meus dentes, a manteiga florescendo na boca. Eu exploro doçuras e texturas. Nunca tenho fome, então não me apresso na mordida. Eu como vidro, e enquanto ele corta minha gengiva, eu saboreio minerais, metais, impurezas; vejo a praia de onde alguns pobres bastardos roubaram a areia. Pequenas pedras com gosto de rio, de escamas de peixe soltas, de geleiras há muito derretidas. É crocante, fresco, como aipo. Eu compartilho a sensação com companheiros aficionados; eles compartilham a deles comigo, embora haja uma defasagem, e o sensor de granularidade ainda seja um problema.

Então, um jeito rocambolesco de dizer: eu amo comer.

Provavelmente demais. Raramente consigo, em público, na Agência. A Comandante começa a fazer perguntas, se você come. Excursões fio acima, a lugares onde se come o tempo todo, parecem decadentes.

E você? Não estou necessariamente perguntando como você come, embora se quiser me atualizar, fique à vontade. (Suas descrições de mel e pão — obrigada por elas.) Eu descrevi um pouco do nosso modelo de sobreposição — comunidades públicas e privadas, interesses compartilhados, sentidos compartilhados. Como é fazer parte dos seus? Você tem amigos, Blue? E como?

Você pediu que eu dissesse a verdade. Eu disse. O que você quer? Conhecimento. Troca. Vitória. Um jogo — esconder e descobrir. Você é uma oponente sagaz, Blue. Você faz apostas arriscadas. Controla a mesa. Se precisamos estar em guerra, podemos muito bem nos entreter. Por que mais você teria me provocado, para começar?

    Sua,
    Red

    PS. Cochonilha! Agora eu entendi.

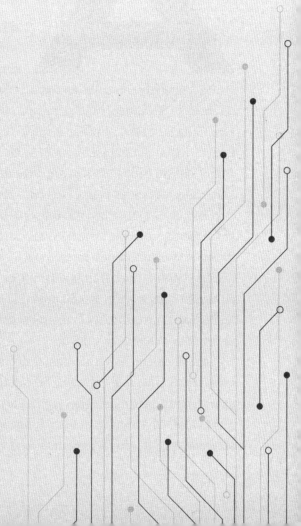

tlântida afunda. Bem-feito. Red odeia o lugar. Para começar, são tantas Atlântidas, sempre afundando, em tantos filamentos: uma ilha na costa da Grécia, um continente no meio do Atlântico, uma avançada civilização pré-Minoica na ilha de Creta, uma espaçonave flutuando ao norte do Egito, e assim por diante. A maioria dos filamentos nem tem Atlântidas, só conhece o lugar através de sonhos e sussurros alucinados de poetas mais alucinados ainda.

Porque há tantas, Red não consegue consertar, ou fracassa em consertar, somente uma. Às vezes, parece que os filamentos fazem brotar Atlântidas para provocá-la. Eles conspiram. A história se alia com o inimigo. Trinta, quarenta vezes ao longo de sua carreira, ela deixou uma ilha em pleno naufrágio, ou incêndio, pensando: pelo menos acabou. Trinta, quarenta vezes, veio a chamada: volte lá.

Ao pé do vulcão, os habitantes de pele escura procuram seus navios. Uma mãe carrega o filho que chora em um braço, agarra a filha pela mão. O pai segue. Ele carrega seus itens de mais valor. Lágrimas marcam a fuligem em seu rosto. Uma sacerdotisa e um sacerdote permanecem no templo. Eles serão queimados. Viveram suas vidas como sacrifícios para — quem mesmo? Red já não lembra. Ela se sente mal por isso.

Eles viveram suas vidas como sacrifícios.

Deuses e crianças primeiro, eles enchem os barcos. Enquanto a terra treme e o céu queima, mesmo os mais corajosos e mais teimosos abandonam seus trabalhos. Notas e contas e máquinas novas ficam para trás. Eles levam pessoas e arte. A matemática vai queimar, as máquinas vão derreter, os arcos, se desintegrar.

Essa não é nem uma das Atlântidas mais estranhas. Não há cristais aqui, não há carros voadores, não há governos perfeitos nem poderes psíquicos. (Essas duas últimas coisas não existem, de todo modo.) E ainda assim: aquele homem construiu um motor a vapor e vento seis séculos antes do pretendido. Essa mulher, por meio da razão e da meditação extática, discerniu a utilidade do zero para sua matemática. Esse pastor construiu passagens em arco nas paredes de sua casa. Pequenos toques, ideias tão fundamentais que parecem inúteis. Ninguém ali sabe o seu valor, ainda. Mas se eles não morrerem nessa ilha, alguém pode perceber sua utilidade alguns séculos adiantado e mudar tudo.

Então Red tenta dar tempo a eles.

Seus implantes cintilam em vermelho-brilhante, para dar vazão ao calor. Eles queimam sua pele. Ela sua baldes. Resmunga. Franze a testa. Ela se esforça, ali. Salvar uma ilha não é trabalho para uma mulher só, então ela trabalha mais do que uma mulher só poderia.

Ela rola rochas enormes para impedir o fluxo de lava. Ela ara novos e falsos leitos de rio com as mãos. Com as ferramentas à disposição, ela quebra rochas e transforma seus pedaços em outras rochas, em outros lugares. O vulcão treme e se parte, vomita pedras no ar. Uma pilastra de fuligem brota de seu cume. Ela corre colina acima, um feixe de pele e luz.

A lava cintila, borbulha, cospe. Um pouco aterrissa perto dela, que dá um passo para o lado.

O mar verde-cinza reflete o céu preto turvo. Os últimos biguás fogem, escuridão contra o breu. Red busca um sinal. Está deixando alguma coisa passar. Ela não sabe o quê. Observa os céus e os oceanos por um momento, pensando.

Enquanto Red está distraída, um escarro de lava espirra na direção de seu rosto. Ela o pega na mão sem olhar. Sua pele, se fosse o tipo de pele que os habitantes do vilarejo lá embaixo usam em torno da carne, deveria queimar. Não é, não queima.

Tempo demais observando. Ela dá as costas à caldeira, ao poço de lava.

Ela para.

Preto e dourado se entremeiam na erupção vermelha. Parece a superfície de alguns sóis que ela já visitou quando de licença. Não é isso que chama sua atenção.

As cores inconstantes formam palavras que duram meros instantes, em uma caligrafia agora familiar. Enquanto a lava escorre, as palavras mudam.

Ela lê. Seus lábios formam as sílabas uma a uma. Guarda as palavras que o fogo emoldura em um tipo antigo de memória. Há câmeras em seus olhos, que ela não usa nesse momento. Um mecanismo de gravação rodeia o feixe de fibras em seu crânio, podendo ser confundido com um nervo óptico; ela o desliga, coisa que a Agência não sabe que ela consegue fazer. A lava transborda. Red pretendia destruir esse alto promontório no qual se encontra, fazer uma espécie de calha para derramar rocha derretida pelo canal predeterminado. Em vez disso, ela para e observa.

Lá embaixo, o vilarejo queima. Sem seu enorme esforço no cume, os diques e redutos que criou não funcionam tão bem, mas a matemática ainda tem tempo de pegar suas tábuas de cera, ao menos. Os barcos partem; se afastam o suficiente para sobreviver ao tsunami enquanto suas casas desabam no mar.

Red não falhou completamente. Ela balança a cabeça e vai embora, torcendo para que essa seja a última Atlântida que a enviarão para salvar. Ela lembra.

O vulcão sossega. Ventos partem as nuvens, a seu tempo, e deixam o céu azul.

A rastreadora sobe a colina escorregadia e estéril. Fibras de um fino e brilhante vidro vulcânico se agrupam perto da lava que esfria. Em outro tempo e lugar, eles serão chamados de "cabelo de Pele". A rastreadora os junta com as mãos, como flores, cantarolando.

inha meticulosa Cardeal — deixa eu te contar um segredo: eu odeio Atlântida. Todas as Atlântidas espalhadas pelos filamentos. É um fio podre. Tudo o que provavelmente te ensinaram sobre Jardim e o meu Turno deve te fazer pensar que nós a amamos, por ser um bastião de bons trabalhos, o ideal platônico de como uma civilização deve ser: quantos adolescentes de olhos brilhantes já derramaram o fervor de suas almas em vidas imaginadas ali? Magia! Sabedoria infinita! Unicórnios! Os próprios deuses, em carne e osso! O trabalho que fazemos para manter essas noções é mais sutil do que você imagina, dados os conhecidos pecadilhos de uma dúzia de séculos XX. Que sacerdócio vigoroso Atlântida deve ter tido para manter tantos jovens sérios gastando suas vidas passadas nesses templos!

Mas que lugar triste. Estagnado, doente como uma ferida inflamada. Um experimento de sucesso com resultados repugnantes. O vulcão foi a melhor coisa que já lhe aconteceu: agora é lenda, possibilidade, mistério, de longe uma engrenagem mais generativa do que qualquer coisa que desenvolveu nos últimos mil anos.

É isso que apreciamos. Somos nós, sempre: o vulcão e a onda.

Obrigada por suas palavras sobre comer. Depois de semanas só com biscoitos, no navio, elas foram muito bem-vindas. Eu deveria lhe falar, como a sra. Leavitt diria, que é de bom-tom mandar cartas que podem ser abertas sem que o lacre seja quebrado, mas não tenho palavras para dizer o quanto apreciei sua inovação.

O que tenho para dizer: estava muito frio lá no gelo. Sua carta me aqueceu.

Sua fala sobre assinaturas ideográficas e segurança operacional me lembrou de alguns trabalhos de base que fiz para os botânicos de Bess de Hardwick em vários filamentos. Enquanto trabalhava, tive o prazer de observar a correspondência entre eles e sua senhora; quão complexa e ambígua a fala simples pode ser, quantos segredos embrulhados na bandeira da sinceridade (uma palavra comumente inventada nos séculos XVI). Mesmo a assinatura ideográfica podia facilmente ser mentira, é claro: selos falsificados, cartas seladas escondidas em capas separadas, cera ou fio de seda na cor errada. Quantas maravilhosas ambiguidades aconteceram enquanto Mary, rainha da Escócia, estava sob o teto dela! Eu te asseguro que a criptografia perde a graça, em comparação; imagine um criptograma feito de humores entrelaçados que mudam conforme estímulos do ambiente.

Além disso, grafia padronizada ainda não era uma característica do inglês. Forjar a caligrafia de alguém era um desperdício de esforço, se você também não aprendesse suas idiossincrasias ortográficas. Curiosamente, isso se provaria a ruína dos falsificadores do fim do século. Chatterton, aquele Menino Maravilhoso, et cetera.

Levamos a arte de escrever cartas tão literalmente, não é? Lacres de focas à parte. Cartas como viagem no tempo, cartas que viajam no tempo. Significados ocultos.

Eu me pergunto o que você me entende dizendo aqui.

A sua menção de comida — tão doce, tão saborosa — não teve qualquer menção de fome. Você falou da falta de necessidade, sim — nenhum leão perseguindo, nenhum "desespero animal da procriação", e isso leva ao prazer, certamente. Mas a fome é uma coisa esplendorosa; ela não precisa ser concebida apenas em termos límbicos, na biologia. A fome, Red — saciar uma fome ou alimentá-la, sentir a fome como uma fornalha, traçar suas pontas como dentes —, isso é uma coisa que você, individualmente, sente? Você já sentiu uma fome que se aguçava com qualquer tentativa de saciá-la, tão afiada e intensa que poderia rachá-la ao meio, fazer surgir algo novo?

Às vezes eu penso que é isso que tenho, em vez de amigos.

Espero que não seja muito difícil de ler isso aqui. Foi o melhor que pude fazer tão em cima da hora — espero que chegue até você antes que a ilha se acabe ao seu redor.

Escreva para mim em Londres depois.

Blue

ondres Depois — mesmo dia, mês, ano, mas um filamento acima — é o tipo de Londres com que as outras Londres sonham: manchada de sépia, céu cheio de dirigíveis, a crueldade do império reconhecida apenas como um pano de fundo rosado com aroma de especiarias e pétalas de açúcar. Rebuscada como um romance, imunda apenas onde a história exige, repleta de tortas de carne e monarquia — esse é um lugar que Blue ama, e se odeia por amá-lo.

Está sentada a um canto de uma casa de chá em Mayfair, de costas para a parede, com um olho na porta — algumas regras da espionagem transcendem tanto o tempo quanto o espaço — e outro em um mapa estilizado do Novo Mundo. Ela o acha um pouco incongruente — a casa de chá favorece uma estética decididamente orientalista —, mas o ecletismo é uma das muitas coisas de que Blue gosta nas fibras desse filamento em particular.

Seu cabelo agora está preto e grosso e comprido, preso em um coque alto e trançado, cachos cuidadosamente delineados na nuca, chamando atenção para o comprimento e a curvatura de seu pescoço. Seu vestido é modesto e impecável, um pouco fora de moda; faz alguns anos desde que a linha princesa era novidade, mas ela fica bem em cinza-carvão. Não está ali para desempenhar um papel; está ali para ser invisível.

Ela observa, com prazer, a excelente porcelana da qual o estabelecimento se gaba: Meissen Dragão Ming, sinuoso como artérias, caqui brilhante contra as bordas douradas no branco-osso. Ela espera o próprio bule, ansiosa pela trilha escura, defumada e maltada que o chá escolhido percorrerá entre as notas de rosa açucarada, bergamota suave, moscatel e violeta.

Sua atendente chega, quieta, silenciosamente dispõe a bandeja Meissen de dois andares para o bolo, o bule, o pote de açúcar. Enquanto ela arruma a xícara de chá no pires, no entanto, Blue estende a mão rápido e segura o pulso dela antes que se afaste. A atendente parece apavorada.

— Esse conjunto — diz Blue, se ajustando, deixando seu olhar mais bondoso, sua pegada mais carinhosa — está trocado.

— Eu sinto muito, senhorita — diz a atendente, mordendo o lábio. — Eu já tinha preparado o bule, mas a xícara estava lascada, e pensei que você não ia querer esperar mais tempo pelo chá, e todos os outros conjuntos já estavam sendo usados, por conta do horário movimentado do dia, mas se você quiser esperar, eu posso...

— Não — ela diz, e seu sorriso são como nuvens se abrindo; ela leva a mão de volta ao colo, como se apagasse tudo, a atendente apenas imaginou, certamente, pois essa mulher é a imagem perfeita de uma dama. — É muito bonito. Obrigada.

A atendente baixa a cabeça e se recolhe à cozinha. Blue olha atentamente para a xícara de chá, seu pires e colher: azul italiano, figuras clássicas colhendo grãos, carregando água para sempre abaixo da borda.

Ela serve o chá delicadamente, sem machucar as folhas. Ergue a colher em direção à luz — dá para ver que está coberta com uma substância vinda de fio abaixo, que ela acha que reconhece, mas dá uma cheirada para se certificar. Ela se obriga a não olhar ao redor, comanda cada átomo do seu corpo a ficar imóvel, controla a necessidade de correr para a cozinha e perseguir e caçar e pegar...

Em vez disso, ela mexe a colher vazia dentro do chá, e assiste às folhas se desgrudarem e se fundirem em letras. Cada rotação é lenta e ela marca as quebras de parágrafo com pequenos goles; cada gole desfaz as letras até que Blue as rodopia a formarem significados novamente.

Brevemente ela se pergunta se o nó em sua garganta é veneno, se sua incapacidade de engolir é anafilática. Isso não a assusta.

Ela fecha os olhos contra a alternativa, que é o que a assusta.

Quando o chá e a carta acabam, a borra permanece; ela a lê como um pós-escrito. O que é bem fácil, quando o mapa do Novo Mundo corresponde a ela tão precisamente; é fácil ler a discrepância como um direcionamento.

Ela seca a boca, ergue a xícara de chá, coloca-a de cabeça para baixo sob seu calcanhar e a esfarela com tanta força e rapidez que sua destruição não faz barulho.

Depois que Blue foi embora, a rastreadora, vestida de garçonete, armada com pá e uma vassoura, coleta os restos, os recolhe como botões de rosa. Quando está fora de vista, ela separa a mistura de argila e osso e folha em três linhas, enrola uma nota de dinheiro e inala com força o suficiente para sentir a fumaça atrás dos olhos.

Queridíssima 0000FF,

concordamos sobre Atlântida — quem diria? Suponho que nenhum fio seja uma coisa só; somos treinados confiando totalmente nessa ideia. Todos têm facetas, ganchos, farpas, úteis de diferentes maneiras, dependendo da articulação. Só novatos acreditam que uma única mudança vai criar um fio assim ou assado. Um evento — uma invasão ou um espasmo ou um suspiro — é como um martelo: um lado cego e perfeito para cravar pregos, o outro uma garra para libertá-los. E, como se faz com martelos, armazenam-se Atlântidas fora de vista quando não estão em uso, enfiando em uma gaveta em algum lugar, a salvo até que surja a necessidade.

Eu me pergunto, nesse sentido, quanto do seu trabalho já me ajudou, e vice-versa — uma pergunta além da minha capacidade calculadora. Eu perguntaria para o Oráculo do Caos, mas já tenho problemas o suficiente com meus superiores no momento. Tive que acelerar, depois que sua última carta me pegou cochilando. A Comandante quis explicações, como comandantes tendem a querer, depois que tantos tesouros afundaram junto com a ilha náufraga. Um breve lapso de eficiência, de acordo com os modelos da Agência, mas bem dentro do limite de tolerância, considerando meu histórico. No entanto, somadas as incursões que o seu lado fez contra nossos agentes disfarçados em posições mais vulneráveis... Bem, eu não deveria falar de negócios. Que tédio, diriam seus companheiros do salão de chá.

Resumindo: já se passou muito tempo desde minha última carta.

A Atlântida do Filamento 233 não foi a mais ofensiva da ninhada, e eu passei pouco tempo lá. Fiz piada, mas vejo seu valor. Humanos precisam de objetivos para almejar — mas sistemas imperfeitos se deterioram. Então construímos ideais. Agentes de mudança sobem pelos fios, encontram filamentos úteis, preservam o que importa, e deixam o que não importa se esfacelar: adubo para a semente de um futuro mais perfeito.

A sra. Leavitt sugere utilizar metáforas que o correspondente — que é você, eu acho? — considerará significativas. Confesso que não sei exatamente o que é significativo para você. Fico caindo em suposições: sementes e grama, coisas que florescem. Beira o estereótipo. E quando você me escreve, fala de fornalhas e chamas.

Você pergunta sobre fome.

Você pergunta, particularmente, sobre a minha fome.

A resposta curta: não.

A resposta longa: eu acho que não?

Nós saciamos necessidades antes de senti-las. Neste corpo, um órgão (um órgão projetado, implantado e rigorosamente testado) situado em algum lugar acima do meu estômago registra o momento em que o meu metabolismo requer combustível e impede os antigos subsistemas primitivos que me deixariam afoita e irritada e turvariam meus pensamentos — todos aqueles truques que a Senhora Evolução faz para nos transformar em caçadoras, assassinas, rastreadoras, descobridoras e engolidoras. Eu posso desativar o órgão, quando preciso, mas é muito mais estável receber um relatório de aviso do que me sentir fraca.

Mas a fome que você descreve — essa navalha atravessando a pele, essa desintegração, como a de uma encosta constantemente atingida por tempestades, esse vazio — soa bonita e familiar.

Quando eu era menina, eu amava ler. Um passatempo arcaico, eu sei; baixar e indexar é mais rápido, mais eficiente, e oferece melhor retenção e aquisição de conhecimento. Mas eu lia, antigos volumes, livros usados e recém-replicados: que coisa estranha descobrir coisas em sequência! Então uma vez eu li uma história em quadrinhos, sobre Sócrates. No quadrinho, ele era um soldado — ele era, essa parte é verdade, eu perguntei a ele — e uma noite, enquanto seus companheiros dormiam, ele começou a pensar. Ele se pôs de pé, imóvel, perdido em pensamentos, até a aurora — instante no qual descobriu a resposta para sua questão.

Isso me pareceu muito romântico na época. Então saí da minha cápsula e vaguei fio acima, para muito longe, longe das conversas e da vigilância mútua. Encontrei o topo de uma colina em um mundo pequeno, respirável, mas estéril, e fiquei lá de pé como Sócrates na história em quadrinhos, perdida em pensamentos, o peso apoiado em um pé, e não me movi.

O sol se pôs. As estrelas brotaram. (Elas são um broto, certo? Ou algo assim? Dante disse isso.) Quando meus ouvidos se acostumaram ao silêncio, eu percebi que ainda conseguia ouvir os outros: nossas conversas enxameavam os céus; nossas vozes ecoavam das estrelas. Não foi assim para Sócrates, nem Li Bai nem Qu Yuan. Meu isolamento, meu experimento, tinha causado uma pequena comoção entre aqueles que gostavam de mim, e de quem eu gostava, e essa comoção se espalhou. Lentes e olhos se viraram na minha direção.

Eu tinha, eu acho, treze anos.

Recebi sugestões: livros de filosofia, guias de meditação, ofertas de prática e aliança. *Elas me cercaram.* Sussurros nos *meus ouvidos:* Você está bem? Precisa de ajuda? Você pode falar com a gente. Você sempre pode falar.

Houve lágrimas. Outros órgãos controlam esse processo também, chorar — *eles mantêm nossos olhos limpos e nossa mente alerta, mas química é química; cortisol é cortisol.*

Está mais difícil de escrever do que deveria. Também está mais fácil de escrever do que deveria. Estou me contradizendo. Os geômetras ficariam com vergonha.

Eu os mandei embora.

Todo mundo tem direito à privacidade, então recusei suas visitas. Eu era a única pessoa naquela pequena rocha, e fiz o mundo escurecer.

O vento soprava. Lugares altos esfriam, à noite. Pedras afiadas machucavam meus pés. Pela primeira vez em treze anos eu estava sozinha. Eu, o que quer que eu fosse, o que quer que eu seja, tropecei primeiro nas estrelas, depois na terra partida. Cavei solo adentro. Pássaros noturnos cantavam; algo como um lobo, mas solitário e maior, com seis pernas e duas fileiras de olhos, passou devagar.

As lágrimas secaram.

E eu me senti sozinha. Senti falta daquelas vozes. Senti falta das mentes por trás delas. Eu queria ser vista. Essa necessidade tomou meu coração. Foi bom. Não sei bem como comparar isso a algo que você entenderia, mas imagine uma pessoa mesclada a uma Coisa, um deus artificial do tamanho das montanhas, construído para fazer guerra nos lugares mais recônditos do cosmo. Imagine esse grandioso peso de metal ao redor dela, comprimindo-a, dando força a ela, suas mangueiras acopladas na carne dela. Imagine que ela corta as mangueiras fora, sai: frágil, exaurida, fraca, livre.

Eu estava leve, oca, faminta. O sol nasceu. Não houve revelação. Eu não sou Sócrates. (Eu conheço Sócrates, servi com Sócrates, e com você, senador... Mas estou divagando.) Mas continuei caminhando, daquele lugar a outro, e do outro para o seguinte, até que, anos depois, voltei para casa.

E quando a Comandante me encontrou, deslizou para dentro de mim e disse "há trabalho para pessoas como você", me perguntei se todos os agentes eram como eu. Não eram — descobri isso mais tarde. Mas somos todos desviantes de maneiras distintas.

Isso é fome? Eu não sei.

Mas sem amigos, então? Blue! Eu nunca teria imaginado isso. Não sei — acho que imaginamos vocês todos ao redor de fogueiras cantando velhas canções de guerra.

Você tem se sentido solitária?

Espero que o chá esteja bem. Bom? Bem. Da próxima, vou procurar por você em um foro mais público.

Da sua,
Red

PS. Eu hesito em escrever isso, mas... notei que minhas cartas têm sido longas. Se você preferir que eu seja mais concisa, posso ser. Não quero presumir nada.

PPS. Desculpe a imprecisão da minha saudação — eu acho que é de saudação que a sra. Leavitt chama? Esqueci o nome que os Londrinos do Filamento 8 C19 deram àquele tom de azul sobre a porcelana importada. Eu teria usado, se lembrasse.

PPPS. Nós ainda vamos vencer.

Como diz o profeta: todos estão construindo os grandes navios e os barcos.

O imperador reina no topo da colina, flanqueado pelos templos de seus mumificados confrades, cada qual com o próprio sumo sacerdote. Degraus de pedra e rodovias ligam cada pico ao longo da cordilheira. Grandes cidades crescem e brilham. Nas encostas, as fazendas, e abaixo delas, contra a costa, tão improvável quanto um pé de romã, naquele local, um porto marítimo.

Há comércio costeiro, é claro, e barcos de junco ocupam os lagos das terras altas. Marinheiros e pescadores quíchuas sabem das formas do vento, podem navegar em qualquer tempestade, se consideram à altura das ondas. O horizonte do oceano ocidental sempre lhes pareceu uma muralha: para além dele, descansa o fim do mundo. Mas um gênio que passou a vida contando os caminhos das estrelas e juntando pedaços de madeira e mato trazidos à praia pelas tempestades tem uma teoria de que outra terra aguarda do outro lado da água. Outra gênia, uma década mais velha do que o primeiro, descobriu um método de entrelaçar o junco de maneira mais forte e mais durável do que qualquer uma de suas mães já conseguira; com isso, uma equipe sob seu comando pôde construir um barco grande o suficiente para carregar uma vila.

De que serve uma terra do outro lado da água, homens jovens perguntaram ao primeiro gênio, quando não temos como chegar lá? Seria o mesmo que tentar chegar à lua.

De que serve para a pesca costeira, jovens homens perguntaram à segunda gênia, um barco que pode carregar uma vila inteira?

Felizmente, gênios entendem que homens jovens são quase sempre tolos.

Então procuraram o ser mais sábio que conheciam: cada um, separadamente, subiu os muitos milhares de degraus até o cume, e no dia da audiência se ajoelharam ante o então bisavô do imperador, mumificado em seu trono, enfeitado com ouro e joias, radiante em sua idade e autoridade, e ofereceram a ele seus presentes. E os sacerdotes secretos que esperam atrás do trono do imperador não são jovens, nem são eles todos homens, e conseguem enquadrar dois pontos em uma linha.

Então é divulgada a ordem do bisavô-imperador, um porto é construído, e marinheiros chegam, atraídos pela aventura. (Aventura funciona em qualquer filamento — tem apelo para aqueles que se importam mais com viver do que com suas vidas.) Eles navegarão juntos a um novo mundo. Navegarão juntos a uma terra de monstros e de milagres. As correntes guiarão seus imensos navios carregados de prata e tapeçarias, com trama e destino.

Red trama juncos com dedos tão calejados quanto a madeira. Ela foi uma das primeiras estudantes da segunda gênia, a encorajou para procurar a ajuda do bisavô-imperador e a segurou pelo braço enquanto subiam. Ela não é nenhuma guerreira ali, nenhuma general; é uma mulher mais alta do que o normal, que um dia saiu da floresta nua e sozinha e recebeu abrigo. Ela trama e tece bem, porque aprendeu. Quando terminar esse navio, o modelo de produção, grande o suficiente para comportar pelo menos duas vilas — então ele navegará, e ela vai navegar com ele, porque alguém precisa cuidar das tramas se elas se quebrarem.

Há um jogo delicado se desenrolando nesse filamento. Enquanto ela trama e pensa, decide que o descreveria usando termos do jogo de Go: você coloca cada pedra esperando que muitas coisas aconteçam. Uma investida é também um bloqueio, que é também uma investida diferente. Uma confissão é também um desafio, que é também uma coação.

Será que o povo de Tawantinsuyu enfrentará o oceano que seus assassinos um dia chamarão de Pacífico e, encontrando as correntes rápidas, viajará para as Filipinas, ou até mais longe, como outros viajaram antes? Será que eles, ao cruzarem águas tão inexploradas que tudo o que uma mulher precisa fazer para comer é lançar a mão sob as ondas e pegar um peixe inquieto e prateado, vão encontrar novas civilizações e fazer conquistas, ou arrumar aliados? Será que essa aliança e comércio, estendidos pelo Pacífico, vão salvar Tawantinsuyu quando as grotescas velas de Pizarro surgirem do sul? Será que, ao menos, ter logo contato com a pragas da Eurásia fortalecerá esse povo contra elas?

Ou: será que os comerciantes irão mais longe, até a China comandada pelos Ming, prestes a se recuperar de uma enorme crise monetária que botará o império de joelhos — uma crise monetária provocada pela taxa de câmbio flutuante entre o cobre e a prata, da qual o povo de Tawantinsuyu tem uma ampla oferta? Estabilizados, será que os Ming vão se esquivar do ciclo de quatro séculos de ascensão e queda dos impérios e resistir, crescendo, se transformando, se expandindo para acompanhar o ritmo lento do Iluminismo no Ocidente e sua presunçosa Revolução Industrial?

Talvez. Pouco provável — mas é preciso aproveitar toda e qualquer chance. A Agência não está contente. Outros agentes foram capturados ou mortos, apagados da trama ou isolados em filamentos nos quais é melhor não pensar. Não Red. Ainda não. Mas ela precisa trabalhar mais rápido.

As mãos de Red escorregam sobre os nós. Ela não está apenas pensando. Está explicando. E para quem ela está explicando? Bem.

Ela olha para o encontro do céu e do mar.

Fica de pé.

Vai embora.

Ela se sente observada. Talvez a Comandante a esteja observando? E se estiver, para quê? Ela tem sido tão cuidadosa. Nem mesmo pensa no nome do céu com frequência.

Um velho a alcança passeando pela praia e oferece tecidos para velas. Ela vai passando um a um: fraco demais, fraco demais, fraco demais, áspero demais, e esse aqui — o que é isso? Amarfanhado e irregular, mais um crochê do que um trançado.

— Este aqui — ela diz.

Quando o sol se põe no Oeste, ela se acomoda em uma pedra e desenrola a linguagem dos nós por entre seus dedos duros como carvalhos. Ela sente cada letra e palavra e pensa em quanto tempo o céu e o mar passaram torcendo essa linha, e quem a ensinou o código dos nós, para começar, se ela mordeu o lábio em frustração enquanto tentava transpor uma passagem difícil.

Quando o sol já se pôs, ela pega o fio desfeito, corta em pedaços do mesmo tamanho e joga cada um na maré baixa.

As estrelas brilham, e a lua. Uma forma escura desliza sobre as ondas claras e mergulha. Um por um, a rastreadora junta os pedaços e os amarra em seu pulso, tão apertado que seus dedos empalidecem e se enrijecem. Ela fecha o punho, tensiona. Sua pele se abre sob a linha e se fecha novamente sobre ela.

Red, que esperou imóvel na costa desde o pôr do sol, vê algo parecido com uma foca, contra as ondas de luz, e pondera.

uerida Céu da Aurora,

não encurte suas cartas.

Você pergunta se eu tenho me sentido sozinha. Nem sei como responder. Já observei amizades, e foi como observar dias altamente sagrados: impressionantemente curtos, redemoinhos de esforços íntimos, celebrações frenéticas, a partilha de comida, de vinho, de mel. Constrito, sempre, e acaba tão rápido quanto começa. Muitas vezes é meu dever me apaixonar de maneira convincente, e certamente nunca recebi queixas. Mas isso é trabalho, e há coisas melhores sobre as quais escrever.

Você disse que tinha treze anos. Você não... Você me parece tão jovem ainda, mesmo que para você pareça que já faz muito tempo.

Minha família é de grandes jardineiros. Nossos jogos são demorados e lentos, e nosso amadurecimento também. Jardim nos semeia com o passado — sua Comandante já sabe disso, sendo essa informação considerada importante ou não — e nós aprendemos e crescemos com os fios. Tratamos o passado como uma treliça, enveredando nossas vinhas por eles, e colheita não é uma palavra para ligeireza; o futuro nos colhe, nos pisoteia até virarmos vinho, nos derrama de volta no sistema de raízes, em uma libação amorosa, e nós crescemos mais fortes e mais potentes juntos.

Eu já fui pássaros e galhos. Eu fui abelhas e lobos. Eu fui o éter inundando o vácuo entre as estrelas, embrenhando a respiração delas em redes de canções. Eu já fui peixe e plâncton e húmus, e todas essas coisas já foram eu.

Mas embora eu esteja enredada nessa totalidade — eles não são tudo de mim.

Pensar em sua rede desencarnada me dá repulsa, mas eu olho para você, Red, e vejo muito de mim: um desejo de me separar, às vezes, de entender quem eu sou sem o resto. E a coisa para a qual eu retorno, a versão mais pura e inescapável de mim... é a fome. Desejo. Ânsia, ânsia de possuir, de me tornar, de quebrar como uma onda em uma rocha e me reformar, e quebrar de novo, e vagar. Essa é uma necessidade de qualquer ecossistema, mas perturba os outros, essa inabilidade de estar satisfeita. É difícil — é muito difícil fazer amizade quando você deseja consumir, encontrar pessoas que quando perguntam *Você ainda está comigo?*, quando terminam uma carta com *Sua*, estão falando de coração.

Então eu vou. Viajo mais longe e mais rápido e mais intensamente do que a maioria, e eu leio, e eu escrevo, e eu amo cidades. Ficar sozinha em uma multidão, separada e unida, manter distância entre o que eu vejo e o que eu sou.

Fico contente em saber que você ama ler. Talvez na próxima você devesse escrever de uma biblioteca — há tantas coisas que quero recomendar.

Tudo de bom,
Blue

PS. *Sócrates! Me pergunto se conhecemos alguns dos mesmos.*

PPS. *Não conseguia parar de tramar o seu nome, mas essa saudação pareceu mais sábia — aprendi a tomar cuidado com coisas que me dão prazer.*

PPPS. *É claro que nós ainda vamos vencer.*

Blue está em um lugar alto, à noite.

O vento sopra. Faz frio, mas ela não sente. Rochas afiadas não machucam seus pés. Seu trabalho é vigiar uma coisa que vem crescendo há milênios, uma semente plantada nas brasas do coração do planeta que envolveu sua superfície dura com videiras, seiva, sangue. Logo abaixo do solo, esperando.

Vai desabrochar em breve.

Blue a alimentou de tempo em tempo, conforme necessário. Ela sempre soube seu propósito: um leão à espera, uma armadilha do tamanho de um planeta para ativar, sementes plantadas muito antes dos acordos proibitivos sobre interferências fios abaixo. Blue deve observá-la eclodir, cumprir seu propósito, depois destruir seu sistema de raízes e não deixar nenhum vestígio a ser encontrado ou usado pelo outro lado. Jardim aprendeu, com a lenta paciência das coisas verdes, como podar agentes inimigos de sua linha do tempo, soltando joaninhas contra os pulgões deles, libélulas contra as larvas de mosquito.

Blue ainda está pensando nas larvas quando vê Red.

O tempo para.

Blue não leva nada ao viajar pelos filamentos exceto conhecimento, propósito, tática, e as cartas de Red. A memória é despejada e decantada em Jardim, vida a vida a vida, sempre se aprofundando, engrossando, criando novas raízes e eficiências — mas as cartas de Red ela guarda no próprio corpo, escondidas sob a língua como moedas, impressas na ponta dos dedos, entre as linhas de suas palmas. Ela as pressiona contra os dentes antes de beijar suas vítimas, as relê ao segurar mais firme o guidão de uma motocicleta, cobre o queixo de soldados com elas em brigas de bar ou jogos de quartel. Ela pensa sem pensar, com frequência, em como chamará Red na próxima carta — esconde suas listas em paisagens oníricas fáceis de justificar, no verso de folhas de dona-joana, em crisálidas abertas e pontas de asas. Vermelhão. Sanhaçu-escarlate. Fio Persa. Minha rosa vermelha.

Ela olha para Red — treze anos, sozinha, vulnerável, tão impossivelmente frágil e pequena — e uma carta nasce em sua garganta como bile.

Eu queria ser vista.

Ela a vê e se quebra como uma onda.

Ela não considera os cenários. Não pensa: será que Jardim me mandou aqui para me testar, será que Jardim sabe, será que Jardim quer que eu a veja morrer? Ela não pensa em nada enquanto as raízes tencionam e se torcem, enquanto o planeta desabrocha uma boca, uma face, um corpo, uma vastidão silenciosa como o voo de uma coruja na escuridão total, uma fome com olhos e dentes, forjada para o silêncio, esperando anos para farejar um conjunto específico de implantes nanoscópicos, para eclodir e devorar um elemento vermelho-brilhante dos arredores. Parece um pouco um leão, para dizer a verdade — juba de cílios azul-pálidos, goela digna de rugidos cinemáticos, embora nunca vá fazer um som —, exceto pelo tamanho, pelo número de pernas, pelas asas.

A coisa surge no chão frio e cortante. Fareja o ar, inclina a cabeça na direção de Red.

Blue rasga sua garganta.

Ela tem dentes muito afiados. Quatro fileiras deles. Suas duas fileiras de olhos veem lindamente no escuro. Suas seis pernas terminam em pontas aguçadas, rasgam a criatura sem voz em carne pulsante e quente. A coisa também a acerta — bom para a história que vai ter que contar, ela pensará mais tarde, quando puder recuperar o pensamento, quando puder agir de novo sem ser por uma necessidade pura e obliterante — e ela sangra em sua forma de lobo, mas não faz som algum, nada que distraia Red da ausência de epifania, do vazio que deixou espaço para outro, do momento em que ela se tornou de Blue.

Blue come a carcaça, tudo menos os dentes e a vesícula de veneno. Essa ela rasga cuidadosamente nas pedras, derrama umas poucas gotas no buraco de onde a coisa saiu. As raízes o consumirão, murcharão e morrerão; sua história será de que a criatura deu errado, atacou a ela em vez da presa. Ação inimiga, sem dúvida, que tendo descoberto o sistema de raízes fez mudanças nele em algum ponto fio acima.

Um engano compreensível, mas vergonhoso. Deixou Blue ferida demais para tentar fazer consertos e, de qualquer modo, havia os tratados — o confronto direto entre agentes em um ponto tão precário fio abaixo seria catastrófico para os níveis do Caos.

Suas palavras caem certeiras como a chuva. Blue lambe seu focinho ensanguentado, suas patas, seu ombro dilacerado. Tem mais uma coisa que precisa fazer.

Lentamente, mantendo sua ferida fora de vista, ela anda até onde Red possa vê-la. Mantendo distância, é claro, com as palavras *passado protegido* no fundo da mente. Ela não parece ferida; tem certeza disso.

Ela olha para Red e vê lágrimas em seu rosto.

Ela sufoca a urgência de correr — para perto ou para longe. Ela carrega sua fome como uma rosa dos ventos, caminha diretamente para o sul, para longe do norte ao qual ela aponta. Quando está fora de vista, ela se enfia em uma caverna rasa e cai, tremendo, muda para a forma humana, nota suas pernas, sua pele, a ferida se abrindo maior e mais feia do que antes, provavelmente infectada, precisando de cuidados. Ela apoia as costas na parede de pedra, fecha os olhos, põe as palmas das mãos no chão para um apoio extra.

Uma de suas mãos toca uma carta.

Uma carta para orgulhar a sra. Leavitt: um bonito papel azul salpicado de lavanda e pétalas de cardo, em um envelope azul com uma gota de cera vermelha fechando-o. Não há lacre, nem selo — apenas vermelho, vermelho como o sangue pingando de seu ombro.

Ela encara a carta. Então ri, vazia e nua, e soluça, e aperta a carta contra o coração e não a abre por muito tempo.

Mas abre. Ela lê. A febre aumenta, o suor goteja em sua testa, mas ela lê e lê de novo e de novo.

Bem mais tarde, vem a rastreadora. Ela encontra os dentes da criatura estripada. Ela arranca os dois maiores caninos, fixa-os em sua boca e segue em direção à caverna.

Não há nada lá para ser encontrado, exceto sangue.

Querida Blue,

eu...

Eu não sei o que dizer. Mesmo a perspicaz e quase profética sra. Leavitt não tem um modelo para isso. Aniversários, sim (é o meu, por falar nisso, se considerarmos que tenho um); funerais, tudo bem; na ocasião de um matrimônio, naturalmente. Mas por algum motivo ela negligencia um modelo de carta para quando sua inimiga salva...

Merda. Eu sinto muito. Não consigo seguir com a piada. E é errado te chamar de inimiga.

Obrigada.

Por me salvar, obviamente, e para começo de conversa. Senti você descendo pela trança. Estou mais sensível aos seus passos, eu acho, do que qualquer outro ser vivo. (E todos estão vivos, em algum lugar no tempo. Até essas digressões parecem fracas. Eu geralmente gosto delas, das minhas piadas. Elas parecem acrescentar, não prejudicar, os assuntos tratados. Menos agora.) Eu segui você. Me desculpe por isso, por invadir sua privacidade enquanto você se transformava no que precisava ser para vencer.

Eu não poderia ter derrotado aquela besta sozinha. Você é mais feroz do que eu.

Você está olhando ao redor de vez em quando, enquanto lê essas linhas, me procurando? Eu já fui, querida Blue, fio acima, como você também já deveria ter ido. Nenhuma de nós está a salvo aqui, e quanto mais tempo você ficar, menos a salvo nós estaremos. Você conhece os protocolos: tremores brotam dos pés dos viajantes, e embora nenhuma outra aranha esteja tão atenta à sua trilha como eu, as outras não são surdas. Terei que ver seus olhos outra hora. Te deixo uma carta, lacrada com cera, um rastro de perfume.

O cheiro, para mim, é um meio. Eu raramente o uso com propósito ornamental. Espero ter escolhido uma fragrância do seu gosto. Eu pedi ao ajudante em Londres Depois uma amostra do seu chá, de algumas cartas atrás, levei a uma parfumerie em Phnom Pehn (Filamento 7922 C33, caso você goste do cheiro; vou deixar o endereço abaixo), fiquei indo e vindo por alguns anos até achar a mistura adequada.

De todo modo. Fique com isso. É sua. Não vai queimar quando você ler a assinatura, não vai se decompor mais rápido do que qualquer outra carta que uma mulher no seu amado Filamento 6 C19 tenha escrito para outra mulher. O papel é de Wuhan, dinastia Song, artesanal: deixe em um lugar úmido e ele vai apodrecer; misture-o com água e você terá uma polpa. Destrua você mesma, como quiser, se quiser. Eu não me importo. Todas nós temos nossos observadores. E essa carta é uma faca no meu pescoço, se você quiser cortar.

É tão difícil me desviar, aqui, e responder a sua última carta. Eu me sinto... não sei dizer precisamente como. Estou abalada. Sabe os limites dos mapas antigos, que prometem monstros e sereias? Aqui há dragões?

Eu não sei qual estrada leva adiante. Mas a sua carta tem fome de resposta.

Li e reli sua última missiva — na minha memória, como você avisou que eu ia fazer, há tanto tempo, me preparando para a queda. Eu vejo você como uma onda, como um pássaro, uma loba. (Minha loba, com seis pernas e duas fileiras de olhos.) Tento não pensar em você do mesmo jeito duas vezes. Pensar cria padrões no cérebro e esses padrões podem ser lidos por alguém determinado o bastante, e a Comandante, às vezes, é determinada o bastante — eu acho que você ia gostar dela. Então eu mudo sua forma nos meus pensamentos. É incrível quanto azul há no mundo, quando se presta atenção. Você é as diferentes cores das chamas: bismuto queima azul, e cério, germânio, e arsênico. Viu? Eu coloco você em tudo.

Acho que você me vê nitidamente agora — me imagine me remexendo, desconfortável, exposta. Meu jeito sempre foi seguir direto em uma direção, sem hesitação ou restrição. Só me preocupei que você visse essas cartas longas como sinal de uma mente simplória ou desesperada. Eu me preocupei — talvez você ria — que você respondesse por resignação.

Então: vou ser clara.

Eu gosto de escrever para você. Eu gosto de ler você. Quando termino suas cartas, eu passo horas desvairadas em segredo compondo respostas, ponderando maneiras de enviá-las. Eu consigo desencadear qualquer combinação química com uma frase cuidadosamente composta; uma fábrica dentro de mim produz qualquer droga que eu queira. Mas a sensação de ler e enviar não se compara a droga alguma.

Falando em estar exposta! Se você tiver algum grande plano, se a morte que seus mestres planejaram para o meu eu mais jovem era rápida demais e você prefere me ver destruída e arrasada, tudo o que precisa fazer agora é deixar esta carta onde algum outro agente da minha facção possa encontrá-la. Eu aceitaria isso. (Bem, não teria muito mais tempo para aceitar, e o tempo que tivesse seria doloroso, mas você me entendeu.)

Portanto, nesta carta eu sou sua. Não de Jardim, não da sua missão, mas sua, só sua.

Eu sou sua de outros jeitos também: sua enquanto procuro seus sinais no mundo, quando tenho a apofenia de um arúspice; sua ao debater métodos, motivos, chances de entrega; sua enquanto repasso suas palavras em sequência, seus sons, cheiros, sabores, tomando cuidado para que nenhuma lembrança delas se desgaste demais. Sua. Mesmo assim, suspeito que você apreciará essa prova.

Vou tentar uma biblioteca da próxima vez. Espero que você entenda o porquê da mudança de planos.

Da sua,
Red

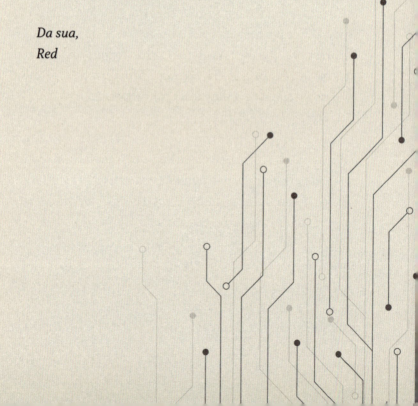

ed controla a mesa, para evitar pensar.

No Filamento 622 C19 Beijing, ela, desconfortável em suas vestes de seda (mas canalizando Blue), inicia um debate sobre a construção de um canal que vira um debate sobre a moral pública, que incita um burocrata de princípios, incorruptível, chamado Lin, a aceitar um desafio Imperial. Se Lin acabar com os traficantes de drogas estrangeiros em Guangzhou, terá financiamento para seu projeto de infraestrutura. Quando Lin chega a Guangzhou e tenta acabar com o tráfico de drogas, uma guerra começa, e Red foge.

Na Axum do século xiv, islamizada e forte no Filamento 3329, Red, disfarçada, apunhala um homem que está prestes a apunhalar outro homem a caminho de casa eletrizado de café espresso, açúcar e matemática. O homem que Red apunhala morre. O matemático acorda no outro dia e inventa uma forma de pensamento que, em outro filamento, muito tempo depois, será chamada de geometria hiperbólica. Red já se foi.

No século ix, em al-Andaluz, ela serve o chá certo no momento certo. Na cidade de diamante de Zanj, ela estrangula um homem com uma corda de seda. Ela semeia o Filamento 9 Bacia

Amazônica com versões inofensivas de superinsetos europeus dez séculos antes do primeiro contato, e quando os conquistadores chegam, precisam encarar milhões da população local, fortes, comunidades prósperas que não vão perecer pelo mero contato com o mundo do outro lado das ondas. Ela mata de novo e de novo, com frequência para salvar, mas não sempre.

E ela presta muita atenção.

Uma sombra a persegue. Ela não tem provas, mas sabe, como ossos sabem sob qual pressão se quebram.

A Comandante deve suspeitar. Uma queda em sua eficiência apontaria que ela foi comprometida. Então Red se esforça em suas tarefas: pega missões mais arriscadas do que a Comandante solicitaria, obtém belos sucessos, brutais. De novo e de novo, vazia, ela vence.

Ela se move fio acima e abaixo; ela trança e destrança o cabelo da história.

Red raramente adormece, mas quando dorme, ela deita imóvel, olhos fechados no escuro, e se deixa ver lápis-lazúlis, sentir o gosto de pétalas de íris e gelo, ouvir o canto de um gaio-azul. Ela coleciona azuis e os guarda.

Quando tem certeza de que ninguém está olhando, relê as cartas que entalhou em si mesma.

Toda essa correria e assassinatos mal passam o tempo. Ela espera e espera. Pela guilhotina: está encurralada, a pessoa por quem espera deu à Comandante a carta que ela deixou para trás, e a Comandante está só brincando com ela agora, deixando Red se acabar de trabalhar até que o Oráculo do Caos indique que ela tem mais valor destruída.

Querida Cochonilha...

Ou: Blue (ela se deixa pensar nesse nome uma vez a cada mês de duas luas) leu sua carta e se retraiu. Red escreveu rápido demais. Sua caneta tinha um coração dentro, e a ponta era uma ferida em uma veia. Ela manchou a página consigo mesma. Às vezes esquece o que escreveu, salvo que era verdade, e que escrever doeu. Mas asas de borboleta se quebram quando tocadas. Red sabe das próprias fraquezas como ninguém. Ela aperta demais, quebra o que deveria abraçar, rasga tudo que leva aos dentes.

Ela sonha com uma borboleta morpho com asas abertas do tamanho do mundo.

Ela esgana, torce, constrói. Ela trabalha.

Ela observa os pássaros.

Há tantos malditos pássaros. Nunca reparou neles antes; os conhecimentos sobre eles (de quem é esse canto, qual é o macho e qual é a fêmea, qual é o nome do pato com cabeça esmeralda) estão todos armazenados no índice, mas quando precisou consultá-los? Ela planejava usar um dia; ela planeja usar tudo um dia.

Mas agora aprende os nomes em livros. Pega alguns do índice para poupar tempo e porque livros são pesados, mas não deixa o conhecimento na nuvem. Ela repete os nomes para si mesma; grava padrões em seus olhos.

Ela queima três astronautas em suas cabines em uma plataforma de lançamento. Toda causa requer sacrifícios. O fedor de carne de porco chamuscada e borracha queimada se impregna em seus pulmões, e ela foge fio acima, e não deixa que ninguém a veja chorar. Red desmorona na margem do rio Ohio, se inclina e vomita em um arbusto, rasteja para longe e chora pela borracha e pelos gritos. Ela tira a roupa. Entra na água até que cubra sua cabeça. Um bando de gansos canadenses surge ao norte e pinta o céu de verde-escuro com o chiar de suas asas.

Ela para o ar borbulhando de sua boca.

Os gansos se acomodam no rio. Suas patas batem na água. Eles ficam por meia hora e levantam voo em um trovão de penas.

Ela emerge.

Um ganso espera na costa, por ela.

Red se ajoelha.

Ele deita a cabeça em seu ombro.

Depois vai embora, e duas penas ficam.

Red as aperta por um longo tempo antes de ler.

Mais tarde, mais ao sul, um corujão-orelhudo pega o ganso, e a rastreadora, chorando, come seu coração.

Quando Red entra na clareira, restam somente pegadas e o ganso despedaçado.

Minha querida Miskowaan-zhe,

escrevo para você na escuridão que antecede a aurora, lentamente, à mão, giz na ardósia — mais tarde vou traduzir essas palavras em penas. Há uma pequena colina de onde posso ver o sol se pôr sobre o rio Ottawa; toda noite eu vejo um céu vermelho sangrar sobre as águas azuis e penso em nós. Você já viu esse tipo de pôr do sol? As cores não se misturam: quanto mais vermelho o céu fica, mais azulada a água, enquanto giramos para longe do sol.

Estou integrada agora, em um belo filamento de Jardim — um daqueles onde este continente não foi criticamente infestado por colonizadores com filosofias e modos de produção inimigos ao nosso Turno —, em uma missão de pesquisa, puxando e drenando fibras para trançá-las melhor em outros filamentos. Sempre um ato de equilíbrio, é claro, dar sem perder, apoiar sem enfraquecer. Tudo uma tecelagem.

Fui colocada aqui para convalescer, eu acho. Jardim nem sempre fala com todas as letras, mas sabe da minha afeição por beija-flores e gansos migratórios. Estou grata. É bom escrever com tranquilidade. Espero escrever cartas mais longas, enquanto estiver aqui, nem que seja apenas porque elas terão que chegar a você em um ritmo mais lento — vai demorar muito até que eu consiga me mover pela trança novamente.

Estou casada e logo vou acordar meu marido com chá de rosa-mosqueta e o café da manhã, antes de colocá-lo no trem. Ele é um homem bom, um mensageiro e batedor, e os dias estão ficando mais frescos, então há muitas mensagens e suprimentos para enviar e compartilhar antes que a temporada de histórias chegue e nos deixe abrigados em casa.

É um grande luxo me demorar nesses detalhes — reparti-los com você. Eu quero, Red... eu quero te dar coisas.

Você já provou rosa-mosqueta, em chá ou geleia? Uma acidez azeda que limpa os dentes, refresca, tem o aroma de uma boa manhã. Uma mistura de rosa-mosqueta e hortelã me faz ficar molhando os dedos o dia todo, para manter esses perfumes na cabeça. Sumagre também — eu acho que você vai gostar de sumagre.

Eu me pego nomeando coisas vermelhas que não são doces.

Sua carta... sua última carta. Fique certa de que não vou deixá-la em nenhum lugar onde seus companheiros possam ler. É minha. Eu cuido do que é meu.

Tenho poucas coisas, sabe? De minhas. Em Jardim, nós pertencemos uns aos outros de um jeito que oblitera esse termo. Nós afundamos e crescemos e brotamos e desabrochamos juntos; nós infundimos Jardim; Jardim se espalha através de nós. Mas Jardim não gosta de palavras. Palavras são abstrações, rompem com o verde; palavras são padrões, assim como cercas e fossos. Palavras machucam. Eu posso esconder palavras, desde que as espalhe pelo meu corpo; ler as suas cartas é colher flores dentro de mim, arrancar um botão aqui, uma samambaia ali, arrumá-las e rearrumá-las de um jeito que combinem com um quarto ensolarado.

Acho engraçada a ideia de gostar da sua Comandante. Que filamento estranho esse seria.

Eu fico me desviando de falar sobre a sua carta. Eu sinto que... falar dela seria limitar o efeito dela em mim, diminuir. Não quero fazer isso. Acho que, de algumas maneiras, sou mais filha de Jardim do que ela imagina. Mesmo a poesia, que quebra a linguagem em significados — poesia ossifica, com o tempo, como as árvores. O que é dócil, flexível, macio e fresco se torna duro, cria armadura. Se eu pudesse te tocar, apoiar o dedo em sua têmpora e afundar você em mim, como Jardim faz... talvez assim. Mas eu nunca faria isso.

Então, em vez disso, esta carta.

Pelo visto, escrever à mão no escuro me faz divagar. Que vergonha. Tenho quase certeza de que eu nunca fiquei divagando antes. Outra coisa para dar a você: essa minha primeira vez.

Sua,
Blue

PS. *Se esta carta te encontrar perto de uma biblioteca, eu recomendo* Travel Light, *da Naomi Mitchison. É igual em todos os filamentos em que existe. Pode te reconfortar durante as viagens — eu sei que você está se movendo muito ultimamente.*

PPS. *Obrigada. Pela carta.*

Blue avança pela luz amena antes da aurora e procura algum sinal.

Seu trabalho ali é lento, mas nunca tedioso; uma das virtudes de Blue como agente é sua meticulosidade em cada vida. Seu marido vai ser importante para a filha do amigo de um rival, e as conversas que Blue tem com ele, os presentes que faz para ele, os sonhos para os quais o embala na cama vão espalhar tentáculos de possibilidade desse fio para outros, enviar tremores para mudar e sacudir os ramos do futuro na direção de Jardim.

É um presente de Jardim que seu papel ali requeira uma atenção tão deliberada e minuciosa; que vagar na floresta e pensar em pássaros e árvores e cores seja o esperado dela, um ponto crítico da missão. Blue ama cidades — seu anonimato, seus cheiros e sons —, mas também ama florestas, lugares que outras pessoas chamam de quietos, mas que são tudo menos isso. Blue escuta os gaios, os pica-paus, quíscalos, ri dos beija-flores brigando com as asas. Ela estende as mãos para trepadeiras-azuis e chapins, rouxinóis preto e brancos, e eles voam até ela, fazem de seus dedos galhos. Ela acaricia as cristas dos pica-paus sem nomear a cor, faz uma agulha e um fio com a emoção que sente ao tocá-la e costura a alegria que Jardim espera que ela sinta na floresta.

Há uma cicatriz em seu ombro agora, não importa que forma ela tome, o franzido arabesco de um ferimento. Lobos se esquivam dela, amam-na à distância.

Porque é esperado que ela tome essa direção, é relativamente fácil disfarçar sua busca; como ela vem colhendo folhas da última estação, colecionando crânios de corvos, o pelo seco e aveludado de cervos, dentes de raposa, não é digno de nota que ela fique imóvel como uma presa ao ver uma enorme coruja cinza, seu rosto de maga inclinado para ela, o brilho de suas penas desgrenhadas da cor de um fim de noite.

A coruja está parada, serena e digna, no oco de um carvalho, e olha para ela.

Então golfa uma pequena pelota, se agita, e voa para longe.

Blue ri — súbita e agudamente — e se inclina para pegar a pelota e enfiar no bolso. Ela a rola pelos dedos de uma das mãos sem olhar, mais uma curiosidade para sua coleção. Ela não tira a mão do bolso até chegar em casa; espera até o pôr do sol, quando pode olhar o céu ficando escarlate enquanto corta cuidadosamente a pelota e encontra ali dentro algo para ler.

Anos depois, uma rastreadora esquadrinha a área, só um pouco abaixo da velocidade do som, aparece e some de vista, e carrega minúsculos fragmentos de osso de volta para a trança.

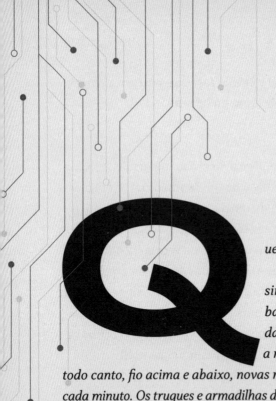ueridíssima Lápis-lazúli,

sim! Eu tenho me movido bastante. Estão nos mandando — bem, mandando a mim, na verdade — para todo canto, fio acima e abaixo, novas missões se acumulando a cada minuto. Os truques e armadilhas do seu lado estão cobrando um preço, então nossas missões se multiplicam para compensar. Mas chega da guerra. Basta dizer: estou escrevendo com pressa.

Estava prestes a pedir desculpas pela minha brevidade, mas quando fui escrever isso imaginei você balançando a cabeça. Você estava certa, na época... eu construí uma você em mim, ou você construiu. Fico pensando o que há de mim em você.

Obrigada pela sua carta, mais do que consigo expressar. Ela me encontrou em um momento de fome.

Palavras podem ferir — mas elas também são pontes. (Como as pontes que são todo o legado dos Genghis.) Embora talvez uma ponte possa também ser uma ferida? Para parafrasear um profeta: cartas são estruturas, não eventos. As suas me dão um lugar onde viver.

Minhas memórias de você se espalham pelos milênios, e todas te destacam em movimento. Essa imagem de você em casa, com seu marido, com chá de rosa-mosqueta, o pôr do sol e o rio, inunda o meu coração. Uma mancha de pele no mar indica a baleia por baixo — ou pontos de estrela dão forma a um urso com anos-luz de tamanho —, então eu traço sua vida agora, a partir dessas dicas. Imagino você acordando, dormindo, observando os gansos, trabalhando duro ao ar livre, com braços e costas e pernas e tecnologia de época. Vou arrumar sumagre na próxima vez que estiver em algum local onde ele cresce. Confesso que só conheço a variedade venenosa, e acho que você não estava falando dessa.

Talvez um dia nos deem missões lado a lado, em algum pequeno vilarejo longínquo fio acima, disfarçadas, uma observando a outra, e poderemos fazer chá juntas, trocar livros, e mandar para casa relatórios higienizados do que a outra está fazendo. Acho que ainda assim eu escreveria cartas.

Li Mitchison. Amei. (Embora esse seja um comentário muito resumido — agora entendo o que você diz sobre palavras.) Me balançou. Especialmente os dragões e Odin e o final. Tive mais dificuldade com a parte de Constantinopla — posso não ter entendido todo o contexto, embora eu veja o lugar que ela ocupa no livro, e o artifício me lembre de trechos de Dom Quixote. Mas a revelação final — sobre os reis e os dragões —, sim.

Engraçado como nós sempre pensamos em cavaleiros lutando com dragões, quando na verdade eles trabalham para os dragões.

Jardim parece gostar de raízes, e esse livro se enraíza no desenraizamento. Você é uma salsola, então? Uma semente de dente-de-leão?

Você é você mesma, e ficará sendo, como eu.

Da sua,
Red

PS. Corujas são criaturas fascinantes, mas é mais difícil do que eu imaginava convencê-las a receber comida. Ou talvez essa não confiasse em mim.

PPS. Eu não quero te assustar, mas... você anda vendo sombras? Acho que notei uma. Sem provas ainda, e posso estar paranoica, mas isso não significa que eu esteja errada. A Comandante não demonstrou suspeitar de nada, pelo menos ainda não. Tome cuidado.

PPPS. Sério. Aquele livro. Em um momento de audácia, recomendei-o à atenção de alguns críticos importantes no Filamento 623; é difícil impulsionar as coisas, mas nunca se sabe — novos filamentos surgem o tempo todo. Me manda mais.

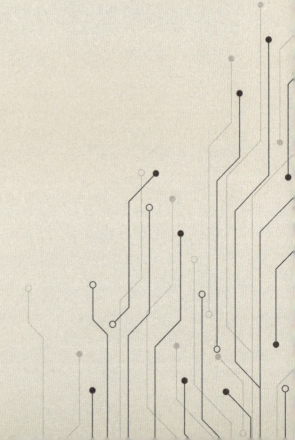

ed ganha uma batalha entre frotas estelares no futuro distante do Filamento 2218. Enquanto a grande *Gallumfry* se inclina em direção ao planeta, lançando uma chuva de cápsulas de fuga, enquanto as estações de batalha murcham como flores lançadas ao fogo, enquanto as bandas de rádio chiam com triunfos e naves ligeiras mergulham para escapar de perseguições, enquanto armas ecoam seus últimos argumentos no espaço mudo, ela escapa. O triunfo parece rápido e sem graça. Ela costumava adorar esse fogo. Agora, só a lembra de quem não está lá.

Ela escala fio acima, se consolando no passado.

Red raramente procura a companhia de outros como ela. São todos esquisitos — decantados depois de terem sido considerados divergentes em algum ponto de seu desenvolvimento. Ou os mais divergentes de todos: aqueles que decantaram a si mesmos. Eles não ficam em paz, e continuam os jogos na rosa celestial. Eles se destrincham do resto, introduzem assimetria.

Eles criariam esta guerra se já não houvesse uma guerra criada para que lutem, ela pensa.

Mas ela busca companhia agora, em um dos lugares onde sempre encontra.

O sol castiga as ruas de Roma. Um homem com um rosto magro e um nariz fino e uma coroa de louros passa acompanhado pelo Teatro de Pompeia. Outros o interceptam, convidam-no a entrar. Uma multidão está esperando nas sombras: os senadores, seus servos, e outros.

— Você já sentiu que está sendo seguido? Que a Comandante está espionando você? — Red pergunta a um dos outros.

Um senador oferece a César uma petição.

— Seguido? — diz o homem com o nariz quebrado à sua esquerda. — Pelos inimigos, às vezes. Pela Agência? Se a Comandante quisesse nos espionar, poderia ler nossas mentes.

César desconsidera a petição, mas os senadores o rodeiam.

— Alguém está seguindo meus rastros, mas some assim que penso em pegá-lo — diz Red.

— Agente inimigo — diz a mulher à sua direita.

— Mas são em excursões minhas, viagens de pesquisa, não de contra-ataque. Como um agente inimigo saberia para onde eu vou?

Um senador puxa uma adaga. Ele tenta esfaquear César pelas costas, mas César segura sua mão.

— Se for a Comandante — diz o homem com o nariz quebrado —, por que se preocupar?

Ela franze a testa.

— Eu gostaria de saber se a minha lealdade está sendo testada.

O homem que teve a mão segurada grita por ajuda em grego. Adagas deslizam das bainhas dos senadores.

— Isso acabaria com o propósito do teste — observa a mulher. — Ah, deixe disso, nós vamos perder a diversão.

Ela tem um sorriso largo e uma lâmina longa.

César grita algumas palavras, mas elas se perdem no tumulto do ataque dos assassinos. Red dá de ombros e suspira e se junta a eles. A guerra oferece poucas chances de extravasamento, e ela não pode ser vista dispensando uma. O sangue gruda em suas mãos. Ela lava depois, em outro rio, bem longe.

Folhas esvoaçam nos bosques de Ohio quando os gansos pousam. Um deles se afasta dos demais gansos e se aproxima dela. Red pondera sobre o destino do último ganso a lhe trazer uma carta e sente um momento de culpa.

Há um barbante ao redor do pescoço do ganso, e do barbante pende uma bolsa de couro fino.

Suas mãos tremem ao abrirem a bolsa. Seis sementes repousam lá dentro, diminutas lágrimas carmesins com ainda mais diminutos números entalhados em suas superfícies, de um a seis. Sobre o couro, em uma tinta azul demais para aquele continente ou filamento, a caligrafia que ela conhece bem, mesmo que só tenha visto uma vez, traça: *Você confia em mim?*

Ela se senta no bosque, sozinha.

Ela confia.

Red confia nela até os ossos, a ponto de ter que pensar por um longo tempo para se dar conta do que desconfiar implicaria — o que essas sementes podem ser, o que podem fazer a Red, se estiver errada.

Ela come as três primeiras sementes uma a uma. Deveria se sentar debaixo de um baobá, mas em vez disso afunda sob uma castanheira, rodeada de seus frutos espinhosos.

Quando cada carta se abre em sua mente, ela a enquadra no palácio da memória. Ela tece as palavras em cobalto e lápis-lazúli, unindo-as ao manto de Maria nos afrescos de São Marcos, à tinta sobre porcelana, à cor de uma rachadura em uma geleira. Recusa-se a deixá-la escapar.

A terceira semente, com sua terceira carta, faz Red desfalecer.

Ela acorda com o farfalhar de castanhas secas para descobrir as últimas três sementes ainda em sua mão fechada, mas a bolsa de couro desaparecida. Ela ouve passos no bosque e os persegue: uma sombra dispara lá na frente, sempre fora de alcance, e então some, e ela cai ofegante de joelhos no bosque vazio.

Querida Um Preço Acima dos Rubis,

andei fazendo feltragem para os filhos da irmã do meu amante: uma corujinha para um, um cervo para o outro. É curioso usar uma ferramenta tão delicada para um trabalho tão selvagem — você pega uma agulha tão fina que não a sentiria em sua carne, depois a espeta sem parar em um rolo de tecido até que as fibras tomem forma.

Eu sinto você, sua agulha, dançando fio acima e abaixo com um abandono impressionante. Sinto a sua mão em lugares que eu toquei. Você se move tão rápido, tão furiosamente, e no seu encalço a trança fica mais grossa, admite cada vez menos filamentos, enquanto Jardim faz carrancas e me oferece chances de aprofundar meu trabalho.

Eu gosto de pensar em todas as maneiras como poderia ter te impedido, se estivesse inclinada a isso.

Às vezes fico inclinada. Às vezes fico aqui sentada, sabendo como você é veloz e segura, e penso: tenho que provar que estou no nível dela. E a vontade aguda e elétrica de te atrapalhar só para ganhar sua admiração é uma espécie de agulha também.

Eu tenho seis meses para preencher antes de te mandar esta carta, então estou escrevendo em pedaços — parcelando as palavras que quero que você tenha, muito embora você, é claro, vá ler todas de uma vez. Ou talvez não? Talvez você queira guardar essas sementes para absorver em um momento de lazer, talvez até no ritmo que eu as escrevo. Mas por que desperdiçar tanto tempo? É mais perigoso guardá-las, podem ser encontradas. Melhor lê-las de uma vez.

De todo modo, este é o sumagre-chifre-de-veado: não é venenoso, fica delicioso misturado com carnes, saladas, tabaco. Prove como é ácido, como é picante; triture até virar um tempero para salpicar ou fumar, ou coloque os frutos na água e terá algo como uma limonada.

Essas sementes, é melhor que você as coma uma por vez, role-as pela língua e quebre-as nos dentes.

Da sua,
Blue

PS. Eu amo escrever com esse gostinho que fica depois.
PPS. Espero que você note a diferença entre esse sumagre e o venenoso. Somente um deles é vermelho.

Minha querida Bordo-açucareiro,

nós estamos furando as árvores, fervendo a seiva pra virar xarope e bala. Quero que você saiba, com minhas palavras na sua boca, sobre os lugares e caminhos nos quais penso em você. É bom que seja recíproco; coma essa parte de mim enquanto eu cravo caniços em suas profundezas, faço escorrer algo doce.

Às vezes desejo conseguir ser menos ardente com você. Não — às vezes eu sinto que devo querer ser menos ardente com você. Que isso, o que quer que seja, seria melhor acompanhado de ternura, de bondade gentil. Em vez disso, eu escrevo coisas como fazer escorrer sua seiva com caniços. Espero que você me perdoe por isso. Ser suave, para mim, muitas vezes é fingimento, e não é fácil fingir quando escrevo para você.

Você escreveu sobre ficarmos juntas em algum vilarejo fio acima, vivendo como amigas e vizinhas, e eu poderia ter engolido este vale inteiro e ainda não saciaria minha fome dessa ideia. Em vez disso, transformo o anseio em uma linha, passo pelo buraco da sua agulha e o costuro sob a minha pele, bordo minha próxima carta para você um ponto de cada vez.

Da sua,
Blue

Querida Deleite do Marinheiro,

a neve acabou e tudo está esquentando, como se o sol estivesse esfregando a terra com as duas mãos e massageando para liberar as tensões. Época de plantio no horizonte — e eu pego essa frase e a reviro, sorrio pensando em como Jardim semeia o tempo, faz dele um plantio mais sutil do que estações desertas, e o horizonte é uma promessa.

Eu esperei até agora para tocar na sua preocupação quanto às sombras. Eu prestei muita atenção. Teve uma época, quando começamos a nos corresponder, em que eu tinha certeza absoluta de estar sendo rastreada — pequenas coisas, vagas, difíceis de nomear, mas você conhece a sensação de entrar em uma sala de *onde alguém acabou de sair? Tipo isso, mas ao contrário. Nunca seguida, exatamente, mas... rastreada.*

Mas não senti mais isso desde que fui integrada, o que pode ser preocupante. Quando Jardim integra um agente — como tenho certeza de que a sua Comandante já notou —, é quase impossível se aproximar, distingui-lo de seus arredores. Ficamos tão completamente enredados no tecido dos filamentos que nos recortar criaria furos terríveis pelos quais vaza Caos, Caos que ninguém fio abaixo quer, nem mesmo o seu Oráculo, que vive e respira isso. Imprevisível demais, difícil demais de gerenciar, o custo/benefício muito desbalanceado — então vocês nos pegam em movimento, no meio do caminho, ou enquanto dançamos pelas tranças, tocando vidas apenas ligeiramente. Mesmo Jardim tem dificuldade de nos alcançar com os ramos mais delicados de sua consciência; para um agente fora do tempo conseguir se aproximar de alguém integrado seria necessário praticamente estar usando a pele da pessoa para que a trança lhe permitisse chegar a cinquenta anos ou mil milhas de onde ela está.

Você vai perguntar: Mas como você consegue me mandar cartas no conteúdo de estômagos de pássaros? Pense nos pássaros como canais de comunicação que eu posso abrir e fechar sazonalmente; outros agentes me relatam seus trabalhos nos equinócios; Jardim floresce mais intensamente em minha barriga. Há tráfego suficiente para que seja simples disfarçar correspondência entrando e saindo, redirecionar, esconder à vista de todos. Agentes inimigos, no entanto — eu já ouvi histórias do que acontece com aqueles do seu lado que tentam invadir as nossas plantações. Imagine caminhar por uma cerca viva de espinhos que fica cada vez mais grossa e mais dura, mais afiada, conforme você se aprofunda nela, e terá uma noção de como é. Mas isso dura acres, décadas, até você ser rasgado e dilacerado em serpentinas.

Tudo isso para dizer que eu não estou sendo seguida; se você está, vou enviar todas as antenas que puder para descobrir se é o meu pessoal. Pode bem ser — Jardim claramente se interessa por você desde que era pequena. Mas confio totalmente na sua habilidade de escapar e superar qualquer um do meu lado.
Qualquer um que não seja eu.
Se é do seu pessoal, aí é mais complicado e preocupante. Tenha cuidado.

Da Sua,
Blue

PS. Qualquer informação que você possa me dar sobre o tipo de sombra — um cheiro, uma cor que você assimile à sensação, o pesadelo que te acordou quando você pensava estar a salvo — vai me ajudar a investigar. Embora eu ache que nunca descobri se você sonha.

lue está trançando capim entre os dedos.

Parece pura indolência: uma mulher de cabelo comprido ao final do dia, coberta pelo pôr do sol, de pernas cruzadas perto do rio, tramando por prazer. Ela não está fazendo cestos ou redes, nem mesmo coroas ou guirlandas para as crianças que correm descalças por ali.

O que ela faz é estudar. O que ela faz é jogar, em seis dimensões, um jogo de xadrez no qual cada peça é um jogo de Go, tabuleiros inteiros de pedras pretas e brancas dançando um em volta do outro, avançando, cavalos tomando torres, ensaiando ataques, construindo cuidadosamente um xeque-mate. Ela passa capim sobre capim sobre capim e estuda, não só as geometrias do verde, mas o cálculo do perfume e do calor, a termodinâmica do solo, a velocidade do canto dos pássaros.

Enquanto está distraída — trançando capim sob o canto dos quíscalos, o cheiro de folhas mofadas sob o sol em azimute —, uma andorinha dá um rasante em sua visão periférica, interrompe sua trama sonhadora com sua dissonância. A andorinha é um risco azul no canto de seus olhos, a atordoa com sua presença inexplicável. Existem muitas andorinhas, mas essa é diferente: ela se aproxima de um ninho vazio no outono, um ninho que Blue estava quase colhendo para mostrar ao sobrinho e ensiná-lo o quanto se pode aprender a tecer com os pássaros.

Ela se levanta, e o capim cai de sua mão como sementes. Persegue a andorinha, observa enquanto ela deposita uma libélula no ninho e voa para longe.

Ela escala, pega o inseto dos galhos enlameados, pula de volta para o chão. No corpo-agulha da libélula, quadriculado em preto e azul, ela lê uma carta.

Olha da libélula morta para a bagunça que ela causou em seus pensamentos, punhados de verde e ouro amontoados inutilmente, e não sente nada além de uma felicidade confusa e cortante enquanto abre a boca para devorá-la, com asas e tudo.

Anos depois, uma rastreadora faz sombra na grama onde Blue se sentou. Ela junta um punhado, depois se dissolve no ar e some.

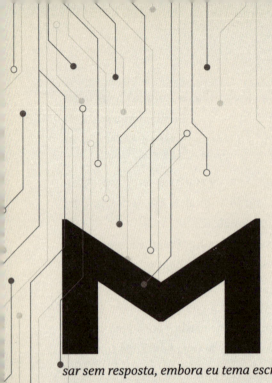

inha Cópia Heliográfica,

eu li as suas três primeiras cartas de sumagre. Não posso deixá-las passar sem resposta, embora eu tema escrever sem saber o que vem depois. (Ainda sinto o gosto das cartas. Duradouro. Ele cobre qualquer outro sabor, tão cheio de você.) Talvez eu pergunte algo já respondido. Talvez eu escreva uma frase que ofenda.

Mas se você tem fome, eu me dilato. Você me fez observar pássaros, e embora eu não saiba seus nomes, como você sabe, tenho visto pequenos cantores cintilantes inflarem-se antes de cantar. É assim que eu me sinto. Eu canto a mim mesma para você, e minhas patas agarram galhos, e fico exausta até que sua próxima carta me dê fôlego, me encha até estourar.

Sinto a sua falta em campo. Sinto falta de perder. Sinto falta da perseguição, da fúria. Eu sinto falta das vitórias disputadas. Seus companheiros têm intrigas e paixões, e de vez em quando jogadas inteligentes, mas nenhum é tão complexo, tão cuidadoso, tão confiante. Você me afiou como uma pedra. Eu me sinto quase invencível depois de nossas batalhas: um tipo de Aquiles, de pés ligeiros e toque leve. Apenas nesse lugar inexistente que nossas cartas constroem é que me sinto fraca.

Como eu amo não ter qualquer armadura aqui.

Você gostaria de me ter de novo sob a sua ameaça. De certo modo, você ainda tem. Enquanto eu carregar essas três sementes no oco atrás do meu olho, você será uma lâmina contra as minhas costas. Eu amo o perigo disso. Além do mais, não sou tão inocente de pensar que suas remessas para este filamento não têm nenhum propósito. Jardim trabalha lentamente, por vidas inteiras. Se enterra em você, e através de você inflige grandes mudanças, enquanto nós batalhamos na superfície.

E na sua ausência você é mortal como uma lâmina. Sem cartas, sem os tremores de seus passos no tempo, eu busco suas memórias; eu me pergunto o que você diria e faria, se estivesse aqui. Imagino você esticando o braço por cima do meu ombro para corrigir minha mão na garganta de uma vítima, para guiar a trama de um filamento.

Estou sendo vigiada. A sombra, minha Rastreadora, rouba coisas por onde passei. Eu a vislumbro no crepúsculo arroxeado, mas nunca está onde a persigo. Cheiro: difícil dizer, embora haja notas de ozônio e bordo queimado. Tem muitos formatos. Eu me preocupo de que seja um fantasma, um efeito da minha mente se esfacelando. Eu esperava pegá-la, matá-la, provar que estou sã (ou não) antes de consumir suas próximas cartas. Não posso nos colocar em perigo, colocar você em perigo, ainda mais. Mas eu sou o pássaro canoro perdendo o ar, e preciso respirar.

Eu sonho.

Eles nos livraram de dormir, assim como da fome. Mas eu gosto da exaustão, pode chamar de fetiche ou do que quiser, e no meu trabalho fio acima é quase sempre conveniente personificar humanidade. Então eu me canso com trabalho, e eu durmo, e os sonhos vêm.

Eu sonho com você. Tenho mais de você dentro da minha mente, da minha mente física, pessoal, esponjosa, do que de qualquer outro mundo ou tempo. Eu sonho que sou uma semente entre os seus dentes ou uma árvore perfurada pelo seu caniço. Eu sonho com espinhos e jardins, e eu sonho com chá.

O trabalho espera. Eles vão me pegar aqui, se eu me demorar. Escrevo mais em breve, depois que eu der um jeito nessa sombra, depois que estivermos a salvo.

*Da sua
Red*

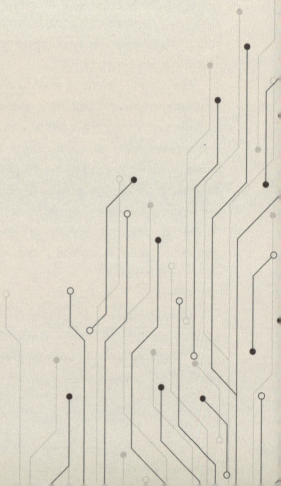

ed tenta capturar uma sombra. Ela prepara armadilhas. Ela volta no tempo para construir becos de história; ela enreda filamentos. Sua vítima, de quem por sua vez ela é a vítima, escapa, deixando ora um som, ora um gosto no ar, nada tão grandioso quanto uma linha presa em um espinho.

Nas fazendas de servidores fio abaixo, alojadas nos corações de icebergs remanescentes, ela dá a volta em seu próprio rastro, vislumbra a sombra, dispara sua pistola de dardos pelas lacunas da nuvem, fazendo nascer faíscas azuis.

Na corte de Asoka, uma acrobata, ela escala, pula e gira, vasculhando uma multidão de mil pessoas em busca de um único predador, um observador que não deveria estar ali. Ela fareja a sombra e o cheiro lhe escapa.

Ela invade as ruínas da muralha de Jericó, e nas ruas densas ouve um passo sobre pedra, fora de lugar. Ela se vira, prepara, solta. Uma flecha se crava na pedra.

Red faz varreduras por uma floresta de cristal pulsando brilhante com seres humanos cujos corpos físicos foram derretidos, como gordura de bacon, até a fragrância de suas mentes se expandirem e ocuparem todo o espaço. A coisa que está procurando, o que está procurando por ela, não a pega ali, embora Red também não a pegue.

Ela encontra uma possibilidade significativa perto do leito de um rio e espera. Não sabe por que acha que a sombra irá lhe visitar ali, mas sente que está começando a conhecer a coisa, seus hábitos, quando ela a visita e quando mantém distância. Red semeia o ar com nanorrobôs, entrelaça serviçais na grama; ela prepara drones espiões e câmeras sentinelas; designa um satélite a seu serviço. Ela observa o rio, cautelosa, quieta, por sete meses. Ela pisca uma vez, e quando abre os olhos, sente que o momento passou: a sombra esteve ali e se foi, e ela não descobriu nada. Nenhuma armadilha foi acionada, os nanorrobôs falharam em registrar uma presença, as câmeras foram uma a uma desligadas, e o satélite orbita mudo e quebrado.

Red anseia pelas cartas guardadas atrás de seu olho.

Ela não consegue respirar. Uma enorme mão lhe aperta o peito, esmagando. Ela se sente presa em sua pele, limitada sob seu crânio. Sonhos ajudam, e memórias, mas sonhos e memórias não são o bastante. Ela quer imaginar uma risada. Precisa esperar. Não consegue esperar.

Bem longe fio acima, ela se senta sob algo parecido com um salgueiro em um pântano de dinossauros, segura uma semente de sumagre ente os dentes e morde.

Red fica ali parada por algumas horas. A noite cai. O vento farfalha nas samambaias. Um apatossauro passa, eriçando as penas.

Ela se deixa sentir. Os órgãos que protegem suas emoções das respostas físicas param de funcionar, e tudo que ela mantinha escondido se liberta. Seu coração se aperta. Ela ofega, e se sente tão sozinha.

Uma mão pousa em seu ombro.

Red agarra o pulso da sombra.

A sombra a empurra e ela, por sua vez, empurra a sombra. Elas rolam na vegetação rasteira; se chocam contra um enorme tronco de cogumelo. Pequenos lagartos escapolem. A sombra está de pé, mas Red enlaça sua perna nas dela, derrubando-a. Ela tenta uma chave de perna, mas suas próprias pernas são travadas. Ela se liberta, dá três, quatro socos, todos facilmente bloqueados. Implantes queimam. Asas se abrem de suas costas para liberar o calor residual; ela bate forte. Acerta a sombra nas costelas, mas aqueles ossos não quebram. A sombra flutua atrás dela, toca seu ombro, e seu braço fica mole. Red joga seu peso para trás, agarra o braço da sombra enquanto cai. Elas escorregam juntas na lama. Os dedos de Red viram garras. Ela tenta encontrar a garganta. Encontra. Aperta.

E de algum modo a sombra se solta e a deixa caída, resfolegando furiosa, sozinha na lama.

Ela amaldiçoa as estrelas e assiste à noite jurássica.

Red não aguenta mais esperar.

Ela se levanta, cambaleia até um rio, lava as mãos. Tira o olho esquerdo com seu polegar e tateia a órbita até encontrar as três sementes de sumagre. (A que comeu antes era falsa.)

Foda-se a segurança. Foda-se a sombra.

Red sabe o que é fome agora.

Ela come a primeira semente sob a copa das árvores.

Ela engasga. Se encolhe. Não consegue respirar. Seu coração se parte e ela desmorona.

Os órgãos, ela se lembra, estão desligados. Essa dor é nova.

Ela não os religa antes de comer a segunda semente.

No pântano, grandes bestas ecoam seus gemidos. Ela não é mais uma pessoa. Ela é um sapo; ela é um coelho na mão do caçador; ela é um peixe. Ela é, brevemente, Blue, sozinha com Red, e juntas.

Ela come a terceira carta.

O silêncio clama o pântano.

O gosto residual ferroa sua língua e a preenche. Ela chora, e ri entre as lágrimas, e se deixa cair. Podem encontrá-la, matá-la, ali. Ela não se importa.

Entre os dinossauros, Red dorme.

A Rastreadora, enlameada, surrada, cortada, a encontra adormecida, toca suas lágrimas com uma mão sem luva, e as prova antes de ir.

Querida Morango,

o verão pousa como uma abelha em um trevo — dourado, atarefado, efêmero. Há tanto o que fazer. Eu amo essa parte de estar integrada, amo me sentir completamente exaurida no fim do dia: sem tanque de recuperação, nem seiva curativa, nenhum murmúrio quieto e verde na minha medula — apenas suor e sal e sol nas minhas costas, todos amando seus corpos enquanto desfrutam deles, essa bonita dança.

Colhemos frutas do bosque. Pescamos no rio. Caçamos patos e gansos. Cuidamos dos jardins. Organizamos festivais, acendemos fogueiras, discutimos filosofia, brigamos por desavenças, quando necessário. Pessoas morrem; pessoas vivem. Eu tenho dado muita risada, esse verão, e tem sido leve.

Você diz que minha carta te encontrou em um momento de fome. Como expressar o que significa para mim que tenha sido eu a te ensinar isso? Que eu tenha compartilhado e, de algum modo, te infectado com isso. Espero que não seja um fardo, e ao mesmo tempo desejo que você seja dilacerada pela fome. Quero afiar suas fomes tanto quanto quero satisfazê-las, uma carta-semente por vez.

Quero te contar alguma coisa sobre mim. Alguma verdade, ou nada.

Da sua,
Blue

PS. Estou tão feliz que você leu Mitchison. Constantinopla é difícil — mas às vezes ajuda pensar que o livro vai passando pelas épocas da contação de história. Mito e lenda dão lugar à história, que abre caminho para o mito de novo, como cortinas abrindo e fechando em momentos opostos de uma performance. Halla começa nos mitos nórdicos de Mitchison, fora do tempo do livro e quando chega no final foi absorvida — integrada, talvez — pelos mitos daqueles com quem ela viajou. Todas as boas histórias viajam de fora para dentro.

Querida Framboesa,

não é que eu nunca tivesse notado quantas coisas vermelhas há no mundo. É que elas nunca foram mais relevantes do que as coisas verdes ou brancas ou douradas. Agora é como se o mundo inteiro cantasse para mim em pétalas, penas, seixos, sangue. Não que não cantasse antes — Jardim ama música com uma profundidade inexpressável —, mas agora são canções que ouço sozinha.

Sozinha. Eu quero te contar sobre quando eu realmente aprendi essa palavra, intrinsecamente. A razão pela qual sou desgarrada, como uma salsola, um dente-de-leão, uma pedra solta, até ser posta em algum lugar, e depois chutada de novo.

Nós somos semeados, eu acho que você sabe — sementes plantadas, raízes se espalhando pelo tempo, até Jardim nos replantar em um solo diferente. *Nossos pontos de semeadura são tão completamente integrados que o que eu mencionei antes sobre uma aproximação é inconcebível: Jardim nos semeia, nos assopra, e nós nos enterramos nas tranças do tempo e nos enredamos nele. Não há cerca viva para atravessar; nós somos a cerca viva, inteiramente, botões de rosa com espinhos em vez de pétalas. A única maneira de nos acessar é entrar em Jardim tão fio abaixo que a maioria dos nossos próprios agentes não é capaz, encontrar a raiz-mestra umbilical que nos conecta com Jardim e então navegá-la fio acima como um salmão em uma corrente. O que, se qualquer um de vocês pudesse fazer, significaria que já estaríamos derrotados. Se vocês tivessem esse tipo de acesso a Jardim, poderiam demolir todo o nosso Turno.*

(Eu não posso... não deveria te contar isso. Apesar de tudo, fico pensando... isso poderia ser um golpe muito elaborado, poderia ser a informação que você queria o tempo todo, isso... mas faz diferença, de verdade? O ponto sem volta foi um milênio atrás, ficou enterrado e perfumado de chá em um saco subcutâneo que criei na minha coxa esquerda. Não é exatamente um medalhão cheio de cabelo, mas não há motivo para considerar menos grotesco, suponho.)

Enfim.

Eu nunca mencionei, eu acho, o filamento no qual Jardim plantou a semente de mim — "para começar minha vida com o início de minha vida" parece absurdo para o nosso tipo, não? —, mas não era nada especial; Filamento 141 Álbico, no mesmo ano da morte de Chatterton, mas eu te imploro para não fazer o meu horóscopo. Quando eu era muito pequena, ainda só um broto em Jardim enraizado em uma garota de cinco anos, eu fiquei doente. Isso não era incomum — geralmente ficamos doentes de propósito, somos inoculados com doenças de futuros distantes, dosadas com uma variedade de graus de imortalidade, qualquer coisa que nos torne o que precisamos ser quando Jardim nos libera na completude da trança.

Mas isso foi diferente. Não foi Jardim me infectando para me fortalecer; foi alguém me infectando para afetar Jardim.

Isso deveria ser impossível. Eu estava enredada. Mas alguma coisa, de algum modo... eu fui comprometida por uma ação inimiga. Para mim, pareceu um conto de fadas; eu estava adormecida, naquele vão entre o sonho e a vigília, quando não se tem certeza se o que vemos é real ou uma tempestade de nanomáquinas reconectando suas sinapses.

(Passei por isso uma vez. Foi desagradável. Espero que você nunca tenha que se eletrocutar para limpar bugs do seu cérebro. Ou talvez isso faça parte do treinamento básico do seu time.)

Eu me lembro de me darem um beijo e alguma coisa para comer. Foi tão gentil, eu não tinha como entender o gesto como hostil. Realmente coisa de conto de fadas. Eu me lembro de luzes intensas e depois... fome. Fome que me virava do avesso, fome na forma mais primal que se possa imaginar, fome que me fazia esquecer de todas as outras coisas. Eu não conseguia enxergar, de tanta fome, não conseguia respirar, e era como se algo estivesse se abrindo dentro de mim e me dizendo para procurar. Acho que alguma parte de mim estava gritando, mas eu não saberia dizer qual; meu corpo era um alarme tocando. Eu me voltei completamente para Jardim para ser alimentada, para estancar aquilo, para me impedir de desaparecer...

E Jardim me amputou.

O que é o procedimento padrão operante. Jardim deve prevalecer. Jardim pode, faz, tem e vai podar, sempre, ramos, flores, frutas, mas Jardim prevalece e cresce mais forte depois. Jardim não podia deixar que a fome se espalhasse além de mim.

Agora eu entendo, mas na época... eu nunca tinha ficado sozinha. E penso em você, construindo essa solidão para si mesma, longe dos outros por escolha... mas para mim, eu era apenas meu próprio corpo, apenas meus próprios sentidos, apenas uma garota cujos pais estavam indo socorrer depois de um sonho ruim. Eu tocava o rosto deles, e eles eram meus; eu tocava a cama onde estava, sentia o cheiro de maçãs cozinhando em algum lugar lá fora. Era como se, à minha própria maneira insignificante, eu tivesse me tornado Jardim... Um eu tão completo, eu nos meus dedos, nos meus cabelos, na minha pele, completa como Jardim, mas separada.

A fome ferveu dentro de mim por uma semana, durante a qual eu comi tanto que meus pais cochichavam sobre cozidos de casca de ovo e lírios-tocha. Eu aprendi a escondê-la. E então, depois de um ano, Jardim me recebeu de volta.

Me enxertou de volta, como se nunca tivéssemos nos separado, sondou e perscrutou e vasculhou dentro de mim, me afogou em remédios e proteções, me esfregou por dentro e por fora. Nada foi encontrado. Minha maturação havia sido estranhamente acelerada, talvez, mas aquilo era bom. E depois de um zeloso escrutínio, durante os anos seguintes, os medos de que eu estivesse comprometida foram em sua maioria postos de lado; nada na trança sugeria corrupção, começando pelo meu filamento. Era importante, também, anunciar que a tentativa de penetrar o enredamento não fora bem-sucedida (embora tenha sido bem-sucedida — mas como eles nunca tentaram de novo, a manobra de Jardim deve ter convencido os interessados relevantes). Então Jardim me posicionou, me deu importância, me elogiou e me elevou, mas sempre me manteve a certa distância.

Minhas excentricidades são toleradas: meu amor pelas cidades, pela poesia, minha apreciação em ficar desenraizada, por ser, de alguns modos, mais uma jardineira do que parte de

Jardim. Meus apetites, que nem as inundações de Jardim conseguem saciar.

Já você, Red...

Minha Macieira, meu Esplendor,

às vezes quando você escreve, diz coisas que eu me contive em dizer. Eu queria dizer *eu quero fazer chá para você beber*, mas não disse, e você me escreveu sobre fazer bem isso; eu queria dizer *sua carta vive dentro de mim da maneira mais literal possível*, mas não disse, e você me escreveu sobre estruturas e eventos. Eu queria dizer palavras machucam, mas metáforas atravessam, como pontes, e palavras são como pedras para construir pontes, talhadas da terra em agonia, mas virando algo novo, compartilhado, algo que é mais do que um Turno.

Mas eu não disse, e você falou de feridas.

Eu quero dizer agora, antes que você possa passar na minha frente: Red, quando penso nessa semente na sua boca, imagino que eu mesma a coloquei ali, com meus dedos nos seus lábios.

Eu não sei o que isso significa. É como ser amputada de novo, do jeito mais estranho... é como cambalear na beira de alguma coisa que vai me desfazer.

Mas eu confio em você.

Tome esses meus anos, tome essas sementes, e deixe que elas criem para mim algo semelhante em resposta. Eu sinto falta das suas cartas longas.

Com amor,
Blue

esmo as atividades mais longas chegam ao fim.

Acontece assim: Blue, barriga no chão, tornozelos no ar, cotovelos e antebraços pressionados contra gravetos e talos e grama.

O jogo de tabuleiro que é uma esfera e uma trança e uma floresta de árvores entrelaçadas inclui ela e a grama. Jardim sempre afirma que o Turno rival se apoia demais em enganar o tempo, evadindo-o, deslizando por ele como pedras, mergulhando apenas os dedos dos pés, pensando poder desviar as correntezas ondulando a superfície. Você precisa se aprofundar no tempo, diz Jardim, para mudá-lo de modo duradouro; jogar um jogo lento, mas vencer.

O foco de Blue deixa tudo ao redor paralisado. Ela se inunda de verde, segue redes de raízes pela terra e pelo ar e pela água enquanto constrói uma trança.

Então para. Sua mão treme.

Imagino você esticando o braço por cima do meu ombro para corrigir minha mão na garganta de uma vítima, para guiar a trama de um filamento.

Ela nunca tinha reparado nas próprias mãos antes — sua mão como um filamento.

Isso muda tudo. A grama se trama perfeitamente. O mundo entorta enquanto ela corre, enquanto milênios multidimensionais se dissolvem em um perfeito tabuleiro de Go, com uma liberdade derradeira e impossível, só esperando que Jardim surja e clame, sufocando a Agência como uma figueira-branca estrangula seu hospedeiro.

O trabalho profundo a preenche enquanto ela se adere a Jardim, sente Jardim se regozijar como um rio na primavera, e ele a inunda com amor e aprovação o bastante para saciar um século de órfãos.

É quase o suficiente. É diferente de tudo que Jardim já lhe ofereceu desde aquela primeira amputação. Mas dentro do rodopiante brilho de cores frescas e reconfortantes, ela guarda uma pequena veia apartada: vê uma mão sobre outra mão sobre uma garganta e pensa *mal posso esperar para que Red veja isso.*

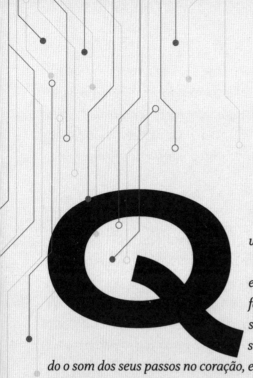

Querida Blue,

eu queria poder te ver triunfar. Sabendo um pouco da sua missão, da natureza da sua integração, tendo gravado o som dos seus passos no coração, eu pressinto a mudança que você infligirá sobre nós. As estações mudam. Você estará livre... da sua recuperação e da sua tarefa. Eu serei enviada, sem dúvida, para desfazer o estrago que você causou. E nós vamos correr de novo, nós duas, fio acima e fio abaixo, bombeiras e incendiárias, duas predadoras saciadas apenas pelas palavras uma da outra.

Você ri, espuma do mar? Você sorri, gelo, e observa seu triunfo com a indiferença de um anjo? Uma fênix de chama safira, ressurgida, você ordena mais uma vez que eu contemple suas obras e me desespere?

Estou me distraindo. Falo sobre táticas e sobre métodos. Falo sobre como eu sei como eu sei. Crio metáforas para abordar pela tangente o enorme fato que é você.

Eu te envio esta carta de uma estrela cadente. A reentrada atmosférica vai marcá-la e testá-la, mas não vai derretê-la. Eu escrevo com fogo no céu, um mergulho para combinar com a sua ascensão.

*Seus elogios me abalam, porque embora eu fale tão facil-
mente de certas coisas, embora eu corra por um terreno que
para você parece minado, para mim é apenas terra. Mas sua
última carta... eu sou tão boa em deixar passar certas coisas.
Em me fazer não enxergar. Eu estou à beira de um precipício,
e... que inferno.*

Eu te amo, Blue.

Sempre te amei? Não?

*Quando isso aconteceu? Ou sempre aconteceu? Como a sua
vitória, o amor se espalha pelo tempo. Ele clama nossos contatos
mais antigos, nossas batalhas e derrotas. Execuções se tornam
declarações. Houve, com certeza, um tempo em que eu não te
conhecia. Ou eu sonhei comigo, como tantas vezes sonhei com
você? Nós sempre nos completamos, durante essa perseguição?
Eu me lembro de caçar você em Samarcanda, emocionada em
pensar que poderia tocar a ponta dos seus cabelos.*

Eu quero ser um corpo para você.

*Quero te perseguir, te encontrar, quero ser enganada e pro-
vocada e adorada; eu quero ser derrotada e vitoriosa... quero que
você me corte e me afie. Eu quero beber chá ao seu lado daqui a
dez anos ou mil. Flores crescem em um planeta longínquo que
será chamado de Céfalo, e essas flores desabrocham uma vez
a cada século, quando as estrelas vivas e seus buracos negros
binários entram em conjunção. Eu quero fazer um buquê delas
para você, juntá-las ao longo de oitocentos mil anos, para que
você possa inalar todo o nosso compromisso em uma só respiração, todas as eras que formatamos juntas.*

*Estou divagando em rapsódia; minha prosa arroxeando. E
ainda assim acho que você não vai rir, mas se risse, eu adoraria
sua risada. Talvez eu tenha dado significado demais à palavra
simples com a qual você fechou sua carta. (Mas eu nunca poderia*

dar significado demais a você, e a palavra que você escolheu não é simples.) Talvez eu esteja ultrapassando seus limites. E, para ser sincera, o amor me confunde. Eu nunca tinha sentido isso antes — já tive prazer no sexo; já tive amizades rápidas. Nada se compara a isso, que parece maior do que as duas coisas. Então me deixe dizer o que eu penso, da melhor maneira que posso.

Eu procurei a solidão quando era jovem. Você me viu lá: no meu promontório, paciente e ignorante.

Mas quando penso em você, eu quero ficar sozinha junto. Eu quero lutar contra e a favor. Eu quero viver em contato. Quero ser um contexto para você, e que você seja para mim.

Eu te amo, e eu te amo, e quero descobrir juntas o que isso significa.

*Com amor,
Red*

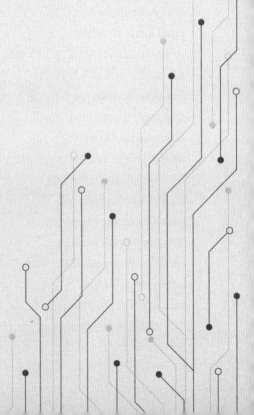

 Comandante convoca Red para um escritório de campo.

Como sempre, há sangue por todo lado. Em maior parte congelado, dessa vez, o que cheira melhor.

A Agência escolheu um front russo perto da trança principal, onde os nazistas têm um truque para levantar os mortos — nada sobrenatural, mas a natureza tem meios estranhos que os cientistas c20 raramente descobrem. Os cadáveres corroídos têm um distinto odor de fungo quando Red se aproxima, o que sugere uma intervenção de fio abaixo, trabalho do grande adversário. O céu está quase totalmente branco, mas parou de nevar, e o azul-claro se abre ao longe.

Os soldados soviéticos estão assustados e com frio e com fome. Eles morrerão ali. Vão guardar o posto apenas o suficiente para que Zhukov conquiste uma posição mais crítica atrás deles. São garotos corajosos e mais que algumas poucas garotas. Eles compartilham suas últimas bebidas — canções, piadas de casa, qualquer coisa que carreguem em seus cantis. Bravura não os salvará. Nem a seriedade de morte no rosto de seus oficiais.

Outros agentes aparecem e desaparecem, carregando relatórios ou maletas com armamentos ou os corpos drenados e esbranquiçados de seus camaradas. Sustentam troféus e tributos. Todos parecem assustados. Eles se encaixam muito bem ali.

Considerando tudo, um escritório bem escolhido.

Geralmente, a Comandante opera fio acima de alguma cidadela de cristal reluzente. Algumas vezes a Agência chamou Red para se reportar em uma plataforma vazia orbitando uma estrela desconhecida, esquecendo-se até mesmo de produzir um oficial superior humanoide a quem ela pudesse se dirigir. As estrelas ouvem sozinhas.

A Comandante já deve ter sido decantada alguma vez — todos os seus agentes foram. Mas ela voltou à sua cápsula há muito tempo e agora vagueia tempo e espaço como uma mente descarnada, combinada, tramada nas grandiosas máquinas de hiperespaço da Agência. Ela toma forma apenas quando necessário, e escolhe qualquer uma que encontre à mão, ou nenhuma. Em geral, ela contempla o abstrato e calcula trajetórias no tempo, considera seus muitos agentes como vetores e nós multidimensionais. Vistos com distanciamento suficiente, todos os problemas são simples. Todos os nós podem ser desamarrados com umas poucas mortes, ou dez mil.

Tal indiferença funciona quando a luta vai bem. Decisões tomadas longe do front estão seguras contra insurgência e infiltração.

Passando pelos cadáveres, Red fecha bem seu casaco. Não para proteger sua carne — ela quase não sente o frio, mesmo nesse clima congelante —, mas para resguardar a pequena chama azul dentro dela.

A perda exige uma resposta imediata. Decisões perdem o luxo da distância. A Comandante permanece fio abaixo, é claro, mas fez uma cópia local para operações em curso, contenção de danos, patrulha, e essa cópia escalou a trança até o passado para registrar os novos fios que Jardim fez brotar, os filamentos que ele modificou, os nós que amarrou.

Oficiais de campo ficam vulneráveis, no entanto. Então eles são construídos em bolhas de tempo, fortificadas contra causas e efeitos.

Red passa por três homens lutando para conter seu camarada caído e infectado, passa pelo médico tentando dar pontos em uma ferida dormente de frio com dedos congelados, e sabe que não importa o que aconteça ali, tudo isso vai passar, e todas essas pessoas vão morrer.

Como apropriado.

Red se abaixa para passar pela aba da barraca da Comandante.

A Comandante está diante dela, na forma de uma grande mulher em um uniforme militar, usando um avental, com um alicate ensanguentado em uma das mãos. Ela o segura como se não estivesse acostumada a segurar coisas. Ajudantes se aglomeram ao redor, segurando relatórios em atrapalhadas tecnologias da época: papel, mimeógrafo, mapa. Um homem está sentado inconsciente, amarrado a uma cadeira de madeira, nu, sangrando pela boca. Está mais quente na barraca do que fora, mas não quente o suficiente. Seus olhos semiabertos são de um azul profundo.

Red bate continência.

— Saiam — diz a Comandante à sua equipe, e eles saem. O homem permanece. Ela não faz nenhum som. Talvez não as note, ou espere não ser notado.

Para todos os efeitos, elas estão sozinhas. Red espera. A Comandante anda de um lado para outro. Suas mãos estão ensanguentadas e ela não parece notar ou se importar. A preocupação desenha linhas em sua face. Essas linhas pertencem à mulher em cujo corpo a Comandante agora viaja, mas lhe caem bem. A guerra ficou difícil. Red imagina qual seria a sensação daquele alicate em sua boca, fechando-se ao redor de seus molares ou caninos, e decide: *se é assim que vai ser, tudo bem*. Ela mantém a chama dentro dela segura.

— Estamos mal — diz a Comandante. — Um trabalho longo e cuidadoso do nosso adversário, armadilhas fio acima e abaixo, tudo executado por uma única agente, com consequências em cascata. Eu diria que é brilhante, se não tivesse nos colocado em tanta desvantagem. Mas contamos nossas bênçãos: a nova trança deles é fraca. Podemos desfazê-la. E iremos. — A Comandante olha para ela e se surpreende. — Descansar. Eu não disse descansar?

Red relaxa a postura. A incerteza da Comandante sobre um detalhe tão pequeno a preocupa. Ela deveria se preocupar? Não é uma traidora agora?

— Nós planejamos uma solução, com matemática e métodos mais grosseiros. — Ela deixa o alicate na mesa, pega um pedaço de papel e oferece a Red. — Você reconhece essa mulher?

Não é fácil manter a postura relaxada. Ela pega o papel e se obriga a olhar o desenho de carvão como alguém olharia se estivesse vasculhando a memória à procura de uma face vista de relance do outro lado de um campo de batalha e então esquecida. Ocorre a Red, enquanto pondera sobre a face que habita seus sonhos, que ela nunca antes tinha arriscado passar tanto tempo observando esse rosto em particular — ou mesmo pensando nele.

O homem na cadeira resmunga.

Red não o culpa. O que a Comandante sabe? É uma armadilha? Se soubessem, a matariam? Ou o plano vai mais longe?

— Eu a reconheço — diz Red, por fim. — Do campo. Vi esse rosto na batalha em Abrogast-882. Ela tem outros.

Mas há sempre uma quietude semelhante nos olhos e uma curva cruel e inteligente na boca. Ela brilha. Essa última parte Red não diz.

— Foi de lá que nossos observadores tiraram essa aparência.

A barraca, de repente, fica mais fria do que o lado de fora. Observadores. Há quanto tempo? O que eles viram? Ela se recorda da batalha com a sombra.

— Imagino que seja a agente que desencadeou o efeito em cascata.

— E o preparou. Efetiva e perigosa. Tão perigosa quanto você, à maneira dela.

Uma abertura.

— Vou colocá-la no topo da minha lista de alvos. — *E vamos nos revezar nos caçando.*

— Vire o desenho — diz a Comandante.

Quando Red pegou o papel, o lado de trás estava vazio. Agora há um emaranhado multicolorido que ela está muito mais acostumada a visualizar em três dimensões. Ela estreita os olhos, os envesga levemente, e a topologia emerge da bagunça multicor. Um fio verde, que ela acha que deveria ser azul, corre pelo núcleo da trança — mas se desvia aqui e ali para interceptar outro, que é cinza e deveria ser vermelho. Quanta ignorância ela pode fingir e permanecer convincente?

— Eu não entendo.

— Até onde pudemos traçar, seus caminhos fio acima e abaixo formaram esse novo núcleo de trança. Mas esses desvios, bem... essa linha cinza representa sua própria trajetória.

— Nós nos enfrentamos em Abrogast-882 — diz Red. — E acho que também em Samarcanda. — O que mais a Comandante sabe? Ela consegue ler qualquer abstração, tensão, peso, qualquer proposição e contra-argumento. — Beijing.

Como Red pode explicar essa topologia que a coloca repetidamente perto de Blue? Ela pensa e tenta não aparentar estar pensando.

— Você não está me entendendo — responde a Comandante. — Nós acreditamos que seus caminhos se cruzaram porque ela fez questão disso. Muitas vezes sutilmente: fio acima ou abaixo, alterações tão pequenas que eram quase indetectáveis.

— Como assim? — Ela sabe o que a Comandante está dizendo, mas também sabe o papel que precisa cumprir.

— Essa agente está aliciando você. O comportamento dela sugere um gosto por atos grandiosos. Você está sendo enganada. Sutilmente, talvez tão sutilmente que nem perceba. Os chefes dela querem um elo fraco nas nossas fileiras.

Poderia ser verdade. Não é, mas poderia ser. Ela sabe que não é. Ela sabe.

— Eu sou leal.

Comumente, essa não é uma coisa que pessoas leais dizem, mas a Comandante está perdida demais em seus pensamentos para notar.

— Acreditamos que ela queira te converter. Ela está semeando insatisfação. Detalhes de percepção que você talvez nem note. Ela não está tentando te matar: nós te escaneamos e está tudo bem.

Quando foi o escaneamento? Quem o fez? O que mais encontraram?

— Ela está esperando que você dê alguma abertura: pergunte alguma coisa, inicie contato. Algo tão sutil que poderia plausivelmente escapar das nossas observações. Essa mensagem é o nosso portal. Através dela, nós atacamos.

Lá fora, uma única peça de artilharia dispara, por alguma razão. Os ouvidos de Red zumbem. O homem na cadeira geme. A Comandante não se move. Ela não sabe que é o esperado. Red não deveria fingir estupidez diante dessa mulher, mas precisa do tempo que uma explicação pode lhe dar.

— O que você sugere?

— Você está familiarizada com esteganografia genética? — pergunta a Comandante.

Essa é uma daquelas perguntas que não se espera que Red responda.

— Nossas melhores mentes vão te ajudar a elaborar a mensagem. Acabaremos com ela, e acabaremos com a ameaça. Sem sua peça central, o trabalho recente do nosso adversário será facilmente desfeito. Você é fundamental para o esforço de guerra, agente.

A Comandante pega uma carta lacrada da escrivaninha e a entrega para Red. Ela segura a carta com força demais, já que está desacostumada a ter mãos. Red aceita. O envelope fica manchado de sangue e o papel, amassado e vincado da pegada da Comandante.

— Suspenda suas operações em andamento. Transfira-se para o fio indicado aqui. Comece o trabalho. Salve o mundo.

— Sim, senhora. — Red bate continência à comandante novamente.

A Comandante retribui a continência, depois pega o alicate de novo. O homem na cadeira já está gritando quando Red sai.

Um camarada acena, quer falar com Red. Ela marcha em direção ao seu dever. Avança por dez fios, por um continente, diversos séculos acima, antes de desabar aos pés de uma enorme muralha de água cintilante chamada Mosi-oa-Tunya, e não chora.

Ela observa com os olhos abertos.

Algum tempo depois, uma abelha passa zumbindo por suas orelhas e dança diante dela em meio aos esguichos de água. Red lê a carta que a abelha escreve no ar e sente um enjoo na altura da chama em seu peito. Elas podem dar um jeito. Precisam dar um jeito.

No fim, ela ergue a mão. A abelha se acomoda ali e enfia o ferrão na sua palma.

Mais tarde, quando Red se foi, uma pequena aranha, estranhamente aventureira, apanha o cadáver. Depois, quando a aranha já comeu o inseto, a rastreadora come a aranha.

Sangue do meu próprio coração,

eu danço para você em um corpo feito para a doçura, um corpo que se rasga em defesa do que ama. Esta carta vai te ferroar quando chegar ao fim. Permita, e leia o pós-escrito no espasmo de sua morte.

Eu danço — esta vai ser uma carta bem entediante — porque essa coisa em mim, esse calor vaporoso, esse sol nascente que mal cabe no céu de mim se recusa a ficar quieto. Saber que você me acompanha nisso também — nesse ritmo do meu sangue pulsando, nesse banquete que não diminui não importa o quanto eu me farte —, Red. Red, Red, Red, eu quero te escrever poesia, e estou rindo, veja bem, enquanto ensino a esse pequeno corpo a minha alegria, rindo da piada que eu sou e do alívio, do alívio de estar deitada de costas em uma laje de pedra com uma faca acima de mim e ver sua mão e olhos guiando-a.

Pensar que essa entrega é saciedade. Que levei tanto tempo para descobrir isso.

Red, eu te amo. Red, eu vou te enviar cartas de qualquer tempo te dizendo isso, cartas com uma só palavra, cartas que vão roçar suas bochechas e agarrar seus cabelos, cartas que vão morder você, cartas que vão te marcar. Eu te escreverei em *formigas-cabo-verde e marimbondos; eu te escreverei em dentes de tubarão e conchas de vieiras; eu te escreverei em vírus e no sal de uma nona onda inundando seus pulmões; eu vou...*

parar, aqui, vou parar. Provavelmente não é assim que se faz. Eu quero flores de Céfalo e diamantes de Netuno, e quero incendiar as milhares de terras entre nós para ver o que floresce das cinzas, para que possamos descobrir de mãos dadas, conteúdo em contexto, inteligível somente uma para a outra. Eu quero te encontrar em todos os lugares que eu amei.

Não sei como criaturas como nós fazem essas coisas, Red. Mas eu mal posso esperar para descobrirmos juntas.

*Com amor,
Blue*

PS. Eu te escrevo em ferrões, Red, mas essa escrevendo sou eu, a verdadeira eu: arrasada pelo ato, na palma da sua mão, morrendo.

e Blue fosse menos profissional, estaria cantando ao cortar a garganta do seu alvo, enrolado confortavelmente sob a colcha de brocado e lençóis de seda do Hôtel La Licorne que ela quase tem pena de estragar. O trabalho mais fácil desde a sua maior conquista, e tudo nos seus filamentos favoritos; Blue quase se sente de férias, está tão relaxada, tão feliz. Outros trabalham agora, para cuidar do novo rebento, enquanto ela corta faixas frescas de carne macia.

Ela não canta... mas o sangue borbulhante do conde sob suas mãos a faz suspirar, e baladas invadem sua língua. *O, the earl was fair to see!*

Blue nunca fez planos, não para valer. Não para si mesma, nunca. Seu trabalho é executar (ela quase ri, lavando as mãos, mas não ri), cumprir. Está familiarizada com as exortações de advertência de poetas de meia dúzia de filamentos, sobre ratos, homens, planos, canais, Panamá — mas agora ela planeja. Ela se senta em frente ao espelho octogonal em seu próprio quarto — do qual ela nunca sai pela porta, naturalmente, e o sensacionalismo de suas ações só aumenta seu divertimento, para falar a verdade — e trança o cabelo escuro em um penteado lento e cuidadoso. Ela forma um circuito de cores pelos filamentos, faz um mapa deles, e pensa em superfícies, em opostos que combinam, na incrível reciprocidade de um reflexo. Ela escolhe, indolentemente, cenários onde receber e entregar conversas, enquanto uma mão cruza a outra.

Ela venceu, o que não é uma sensação desconhecida. Está feliz, e isso é.

Ela toma as escadas para encontrar seu álibi para um drinque, sorrindo, já pensando no conhaque que vislumbrou mais cedo naquele dia, o mais vermelho, e como ele vai encher sua boca com doçura e fogo.

Jardim a encara dos olhos do álibi.

Blue não hesita, mas o movimento fluido no qual esconde sua hesitação pode muito bem ser um tropeço para Jardim. Seus dedos seguram o encosto dourado de uma cadeira tão lentamente quanto seus lábios se curvam em um sorriso. Ela puxa a cadeira, se senta, enquanto Jardim enche seu copo com vinho tinto, para que combine com o dela.

— Espero que não se importe de eu aparecer assim — diz Jardim, lançando um olhar verde malicioso a Blue —, mas eu queria muito brindar o nosso sucesso em pessoa. Por assim dizer.

Blue dá uma risada e estende a mão por sobre a mesa para apertar a mão de Jardim calorosamente.

— É bom ver você. Por assim dizer. — Blue retira a mão, pega seu copo, levanta uma sobrancelha. — Mas parece que alguma coisa te preocupa.

— Primeiro, o brinde. — Jardim ergue seu copo; Blue imita. — Ao sucesso duradouro.

Seus copos tilintam; elas tomam um gole. Blue fecha os olhos enquanto lambe a cor de seus lábios, obliterando seu nome mesmo enquanto sua língua está coberta por ela, ouve a profunda e aveludada voz verde de Jardim.

— Você está em perigo — diz Jardim, em um tom calmo e quase apologético. — E quero levar você para cama.

Blue abre os olhos e finge um olhar de leve surpresa.

— Isso é muito lisonjeiro, mas uma dama deveria ao menos me levar para jantar primeiro.

A risada de Jardim é um farfalhar de folhas enquanto ela se inclina para a frente, e Blue sente que está caindo naqueles olhos, saboreando a tranquilidade que prometem, o descanso.

— Minha querida — diz Jardim —, seu sucesso, embora estelar, tem um toque de... ostentação, digamos. Relativamente falando. Enquanto seus irmãos e irmãs desabrocham e derretem-se de volta a mim, você... — Jardim passa um polegar macio pela bochecha de Blue com um carinho que produz um tremor em sua mandíbula. — Você se enraíza no ar, minha epífita. Não é difícil rastrear a nova trança até você. Você sempre gostou de assinar seus trabalhos — diz Jardim, plantando as palavras no sorriso de Blue como uma figueira-branca.

Se Blue fosse menos profissional, teria parecido perplexa. Mordido o lábio. Fechado seu interior em uma tumba e o afogado em um pântano e incendiado o pântano em pânico de o que e quando e há quanto tempo.

Em vez disso, ela vasculha as palavras de Jardim, seu olhar, seu tom, até suas profundezas, e traz à tona nada além da repreensão carinhosa a um hábito antigo. Ela se inclina para a frente, segura as mãos de Jardim novamente.

— Se você me integrar agora, vamos arriscar perder o terreno que ganhamos. Mais lentamente, sim, mas será um movimento lateral em vez de um passo à frente. Se me deixar ficar, podemos forçar essa vantagem. Você deve sentir a diferença, não? Estamos à beira de alguma coisa.

— Beiras — diz Jardim, com uma bondade casual. — Normalmente nos afastamos delas.

— Também são bons lugares de onde jogar nossos inimigos — diz Blue. — Normalmente.

Jardim gargalha, e Blue sabe que venceu.

— Muito bem. Quando você tiver acabado aqui, prossiga fio acima até encontrar meu sinal, depois atravesse doze filamentos. Há uma delicada oportunidade lá. — Jardim solta sua mão lentamente. — Você é mais preciosa do que pensa, minha salsola. Cuide-se.

Então Jardim se vai, e Blue faz uma observação seca sobre como o vinho é forte enquanto seu álibi retoma o foco, ri, e a noite se dissolve em diversão.

Quando Blue sai do hotel, na manhã seguinte, o concierge parece confuso.

— Minhas desculpas, senhorita. Aconteceu um erro na sua conta. Eu vou refazê-la...

— Posso...? — diz Blue, sem tremer, sem hesitar, mão enluvada e firme ao esticar o braço para pegar a nota, já compreendendo o que é a mancha de tinta disfarçada de um ponto decimal improvável.

Ela lê enquanto o concierge continua observando.

— Ah, sim — diz ela, sua voz quente e clara. — Minha amiga e eu nos divertimos um pouco demais noite passada, mas champagne teria sido exagero. Você tem razão. — Ela sorri. — Não estávamos celebrando nada.

Ela amassa a conta manchada habilmente, antes que o concierge possa pedi-la de volta, paga a conta nova, sai, e imagina o grito da camareira uma hora mais tarde no lugar do seu próprio grito. Um jardineiro queima folhas do lado de fora; Blue joga a conta velha nas chamas sem diminuir o passo.

Depois que ela some, a Rastreadora arranca a conta ardente das flamas e a come ainda quente.

Querida Blue,

eu não
    Eu
    Merda
    Na pressa:

Eles sabem.

Não tudo. Ainda não.

Mas eles sabem de você. Do seu golpe, sua armadilha, seu triunfo, sua emergência — você os feriu bastante, e não vão te deixar ter outra chance. Nunca mais.

Eles sabem que você está perto de mim. Eles nos mapearam, de algum modo, desde o princípio, apesar de todo o nosso cuidado. Eles não têm as cartas — acho que não —, mas sabem do seu interesse, da nossa proximidade no tempo. Pressentiram através dos filamentos, como aranhas. Acham que você quer me converter. Você quis, no começo? Foi por isso que se aproximou de mim, a princípio, sem contar o que nos tornamos depois?

A Agência acredita que você está esperando que eu entre em contato. Que eu te mande uma carta. Não consigo nem rir. Eles têm máquinas que reescrevem o código das células, que destransformam proteínas. Nunca te conheceram, nunca te leram, mas te conhecem bem o bastante para te quebrar...

se você permitir. E eles acham que se eu mandar uma carta, você vai.

Não consigo escrever isso. Merda, não consigo.

Eles são tão espertos, e tão burros.

Sua carta, o ferrão, tão bonita. Aqueles para-sempres que você prometeu. Netuno. Eu quero te encontrar em todos os lugares que amei.

Me escute... eu sou seu eco.

Prefiro quebrar o mundo a te perder.

Vejo uma solução. É... deveria ser... fácil.

Desista de mim. E eu vou desistir de você.

Vou escrever a carta deles. Enviar. Não leia, sob nenhuma circunstância, a próxima coisa que receber de mim. Quando você não morrer, eles vão considerar a aposta perdida. Talvez seu interesse por mim fosse falso. Talvez eu ainda não estivesse madura para você. Talvez você tenha percebido a armadilha antes que ela se fechasse. Talvez a Comandante estivesse errada. Ela já errou, e as máquinas também.

Só... não leia o que eu mandar depois disso. Não responda.

E nos separamos.

Eu odeio. Nunca odiei nada antes como odeio isso. Com tudo o que você significa para mim, e tudo que sempre significará, não podemos apenas partir. Não podemos apenas desistir.

Mas eu vou, se isso te deixa sobreviver.

Você vai ser observada, e eu também, mais de perto do que nunca. Podemos lutar. Podemos nos caçar através do tempo, como fizemos por séculos passados antes que eu soubesse o seu nome. Mas chega de cartas. Chega disso.

Que eu morresse... bem. Eu me alistei nessa guerra para morrer.

Não sei se já tinha te contado isso.

Mas que você morra... Que você sofra... Que eles te destruam.

Eu te amo. Eu te amo. Eu te amo. Vou escrever nas ondas. Nos céus. No meu coração. Você nunca vai ver, mas vai saber. Eu serei todos os poetas, vou matar todos eles e tomar seus lugares um a um, e a toda vez que o amor for escrito, em todos os filamentos, será para você.

Mas nunca mais desse jeito.

Eu sinto muito. Se eu tivesse sido mais forte. Mais rápida. Melhor. Se eu tivesse te merecido. Se...

Você não ia querer que eu me xingasse assim.

Você terá que queimar isto. Espero que você possa guardar. Eu guardo a memória. Imagino suas mãos no papel. Imagino seu fogo.

Queria poder te abraçar.

Eu te amo.

R

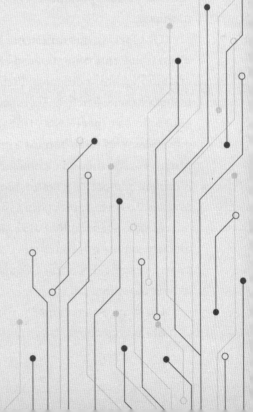

ed fabrica um final.

O trabalho leva mais tempo do que ela pensou. Ela nunca se exauriu tanto em uma carta. Dia após dia, ela dorme no quarto branco e acorda na brancura e toma banho sozinha. Então os especialistas chegam para ajudá-la a produzir o veneno.

Os especialistas raramente falam, e nunca com ela. Eles usam trajes anticontaminação e viseiras, no laboratório, enquanto Red entra descalça. Eles chegam pela manhã e vão embora à noite. Red fica. Ela espia o que tem atrás das viseiras enquanto os especialistas trabalham, e sempre que consegue vê-los, eles estão bonitos e serenos, como uma casa onde ninguém vive, mas cujos funcionários limpam diariamente. Eles nem sempre pareceram tão calmos. A Comandante os esvaziou, os consagrou, para esse propósito.

A mensagem de Red deve ser sujeita a mínima interferência e supervisão, para que o veneno não cheire a comitê e alerte a presa. Foi o que a Comandante disse. Red não sabe se deve acreditar.

Ela avança com cuidado.

Ela nunca chora. Não amaldiçoa as paredes vazias de

seu laboratório vazio, mesmo depois que os especialistas vão embora. Não quer arriscar que a Comandante a ouça.

Ela dorme e sonha com cartas.

Será uma planta. A forma que escolheu é: uma planta crescendo desde a semente, para dar a Blue toda a chance de ignorar. Ela dá espinhos à planta. Faz suas bagas de um vermelho maligno, suas folhas escuras e oleosas. Cada pedaço dela grita veneno.

Espera que os especialistas façam objeções, mas eles não fazem.

Nada poderia ser mais simples do que matar uma agente de Jardim. Eles morrem como qualquer um — e depois seus esporos infectam, seus tufos de dentes-de-leão soprados pelo vento viram sementes, suas raízes profundas fazem brotar rebentos. Acabar com eles, esse é o truque: uma poção para quebrar as correntes de memória, emaranhar o código germinativo. Precisa ser direcionado com cuidado. Eles têm amostras de Blue, um pouco de sangue em lâminas, um fio de cabelo que deve ser dela. Antes que Red possa pensar em um modo de roubá-los, os especialistas derramam tudo na panela.

Essa é uma carta de morte. Não vai fazer sentido para ninguém além da destinatária desejada. Suas palavras assassinas vão se enredar pela mensagem de Red, escondidas, até o feitiço acabar. Esteganografia: escrita oculta. Escrever dentro de outra escrita.

Ela escreve, no primeiro nível, uma nota bem simples, a nota que a Comandante espera que ela escreva: uma expressão de interesse; uma tentação e um desafio. Parecida com a carta que Blue escreveu para ela, em outros tempos.

Ela pensa: *Não leia isso.*

Ela se lembra de como parecia fazer muito tempo desde que a provocou, se regozijou com a vitória. Mirtilo. Blue-da--ba-dee. Humor Índigo. Ela tenta canalizar aquela memória contra tudo o que aconteceu desde então.

Não consegue.

Ela pensa: *Que bela viajante do tempo eu sou.*

Blue não vai cair nessa. Ela vai ouvir. Ela recebeu a carta. Ela vai entender. Tem que entender. O único futuro que elas têm é separadas e juntas. Viveram por tanto tempo uma sem a outra, guerreando através das eras. Estavam separadas, não se falavam, mas uma transformou a outra enquanto, por sua vez, era transformada.

Então era só voltar a isso. Por que não?

Vai doer. Elas já sentiram dor antes, para salvar a vida uma da outra.

Mas há outro caminho. Um em que ela não suporta pensar, e ainda assim deve, porque Blue é sutil, mas também é corajosa, e essa pode ser a última chance de Red.

Então, quando os especialistas já se foram, ela esconde outra mensagem dentro da mensagem que eles esconderam dentro da dela. Red ressignifica os códigos do veneno e esconde de modo que os técnicos não notem, para que nem a Comandante veja. Assim espera.

Esteganografia é escrita oculta. Você esconde uma mensagem em um jogo de palavras cruzadas, em um livro, em uma obra de arte, no brilho de um rio ao amanhecer. Até sua mensagem oculta pode esconder outra mensagem mais profunda, como ali. Coma uma das frutinhas que Red fez e encontrará uma mensagem simples, e dentro dessa mensagem, o veneno. E dentro do veneno, bem mais profundamente, legível somente na morte, ela esconde outra carta. Uma carta verdadeira.

Pensar nessa carta sendo lida a nauseia, mas ela a escreve de todo modo, porque não importa o que aconteça depois, esse é o fim.

Porque é o fim, ela não pode resistir ao impulso de fazer dessa coisa mortal uma coisa bela.

A semente tem seu brilho. Ao crescer, Red lhe dá fragrância. Desabrochando, acrescenta cor, profundidade. Dando fruto, Red lhe dá gosto. Até seus espinhos são uma arte perversa. Ela assina a morte com amor.

Ela deve, mesmo agora, dar a Blue algo que valha a pena.

Blue não lerá. Ela vai entender a armadilha.

Tudo ficará bem.

E elas voltarão ao que eram antes.

Nada precisa mudar, embora tudo tenha mudado.

Elas vão fazer dar certo.

Quando acaba, Red dorme, inquieta.

No outro dia, fecham o laboratório. Ele deve ser destruído: uma bomba, um rodapé da história. Red assiste à explosão. Ela foi instruída a não salvar ninguém. Salvou alguns mesmo assim, mortes que a história podia poupar.

Na poeira florescente, ela lê uma carta.

Ela vai embora.

Mais tarde, uma sombra se move junto às cinzas, comendo.

uerida Red,

como queira.

B

lue está entre os terráqueos, assistindo aos pobres cômicos que se empavonam e agitam por uma hora no palco.

Ela é uma aprendiz de boticário nessa vida, um estudo em escuro e claro: cabelo preto cortado curto sob um chapéu de feltro, gibão preto sobre uma camisa branca e meias. Ela levou a cabo a delicada oportunidade de Jardim — um útero se apressa, outro desacelera — e agora espera à margem, assistindo à primeira apresentação de uma nova peça.

Se Blue fosse uma acadêmica — e ela já interpretou esse papel o suficiente para saber que adoraria ser —, ela catalogaria, em todos os filamentos, um extenso estudo dos mundos nos quais *Romeu e Julieta* é uma tragédia, e nos quais é uma comédia. Ela adora, toda vez que visita um novo filamento, assistir à peça sem saber como vai terminar.

Não está adorando agora. Ela assiste à performance com todo o fervor tenso de quem aguarda uma profecia.

Vai embora antes do final.

Ela retorna à loja. Uma planta — um cruzamento curioso, seu mestre disse, entre cicuta e teixo — repousa em um vaso perto de uma janela. Escura, folhas oleosas; espinhos violentamente elegantes; frutinhas vermelhas como as marcas de suas unhas nas palmas toda vez que as olha.

A carta é belamente composta. Ela não é.

Isso, mais do que qualquer coisa, a enfurece.

Blue a cultivou, devotamente, desde a semente — estranhamente marcada, amorfa, de um azul reluzente em um pacote de papel marrom-pálido. Ela a vem observando há um ano — enquanto incutia vida em uma barriga e bania de outra —, seu crescimento debochado uma promessa nunca cumprida, uma partitura nunca tocada.

A planta está escrita em um óbvio roteiro de genoma, uma espécie de binário tosco extraído de manuscritos levantinos. O número de espinhos e frutos em um galho formam figuras divinatórias — *conjunctio, puella* — cujos nomes podem ser facilmente analisados com um alfabeto mais elaborado. *Querida Blue, estive pensando na sua proposta, mas preciso de uma demonstração de confiança. É arriscado que eu me comunique com você, então escondi a verdadeira carta no veneno — consuma-o, e você saberá quando e onde me encontrar.*

Nem sequer soa como ela. A ideia de algum golpista de cara cinzenta da Agência espiando sobre o ombro de Red enquanto ela escrevia enche sua boca de uma fúria impotente. Em sonhos, às vezes, Blue se vê montada nesse estúpido, socando sua cara até virar purê, exceto que suas mãos ficam escorregando, se desviando, e ela não consegue acertar um soco, e o estúpido ri e ri até que a planta cresce de dentro de sua boca e chama por Blue.

Nos dias bons, ela experimenta furar os dedos nos espinhos e pensa em rocas. Nos dias ruins, viaja sete anos fio abaixo só para assistir Londres pegando fogo.

Hoje é um dia bem ruim.

Uma frutinha caiu. Ela quase gritou — e se fosse um parágrafo? — e a pegou do solo, segurou-a entre o polegar e o indicador, colocou-a na palma da mão, se certificou de que não foi furada por um espinho, que não perdeu nem um gole de formiga de seu sumo. Ainda não era hora, ela pensou; um ano não é nada, um ano não é tempo algum para esperar uma carta rescindindo a carta, uma carta contradizendo a contradição dessa carta. O prazo final para uma resposta está inscrito na própria mortalidade da planta.

Verdade seja dita, Blue se sente insultada. Que coisa mais óbvia; que despropósito. Red disse para não ler sua próxima carta — e ali está ela, se anunciando como veneno para testar o interesse de Blue, o sucesso de Red. Se Blue comer, morrerá — mas se não comer, então o time de Red saberá que ela foi avisada, vai suspeitar de Red, e vão destruí-la no lugar de Blue.

Seu coração deveria ter sido partido por coisa melhor. Sua traição deveria ter sido mais cruel. Tudo aquilo... tudo aquilo. E agora isso.

Ainda assim, ela acaricia suas folhas. Ainda assim, ela se curva para cheirar os ramos: uma mistura de canela e podridão.

Ela sempre teve a intenção de comê-la até a raiz.

Há tantas bagas quanto as cartas que trocaram. Ela as come lentamente, olhos fechados, esmagando algumas contra o céu da boca, outras entre seus dentes, rolando sua doçura pela língua. Elas têm gostos amargos e variados, e a propriedade anestesiante do cravo. É frustrante quando os espinhos começam a rasgar suas bochechas e garganta. Ela quer sentir tudo.

Blue pensa em uma hortulana enquanto mastiga as fibras da planta, considera cobrir a cabeça com um pano branco para uma comunhão mais íntima. Ela limpa o sangue brilhante de seus lábios e ri, cada vez mais fraco, engolindo cada golpe de sabor.

Ela pensa: *Repugnante em sua própria delícia.*

Ela limpa as lágrimas do rosto e as sente se misturando pegajosamente com o sangue. Pensa sentir dentro de si o começo de uma contagem regressiva contra ela mesma.

Ela se levanta, lava o rosto, lava as mãos, e se senta para escrever uma carta.

are.

Blue. Estou falando sério.
Eu te amo. Mas pare. Não leia isso. Cada palavra é assassinato.

Querida Blue, amada Blue, sábia feroz tola Blue, não ignore esse perigo como ignorou a morte e o tempo antes. Esse não é um risco pequeno, nenhum monstro de beira de estrada, nenhum dragão, nenhuma besta da floresta, nenhum deus alienígena para enganar ou derrotar. Nada tão gentil. Essas são palavras feitas para te desfazer, e muito bem. Você não terá outra chance, depois disso.

Largue a carta. Nós ainda teremos uma à outra, como memórias e rivais. Vamos nos encarar na perseguição através do tempo, como foi quando te vi pela primeira vez. Nós ainda podemos dançar, como inimigas. Pare agora, e viva e ame e deixe ser.

Pare, meu amor. Pare. Ache um purgante, um hospital, um sacerdote xamã, um de seus casulos curativos — dá tempo. Por pouco.

Que inferno, pare.

A cada linha que eu escrevo, tenho que imaginar você lendo — e imaginar o que te fez ler até agora, ignorando meu conselho, enquanto seu corpo se revolta e o veneno te toma. Isso embrulha meu estômago. Se você leu até aqui, eu não sou digna de você.

Eu sou uma covarde. Eu deixei que me usassem. Se você leu até aqui, fizeram de mim uma arma, e me enfiaram no seu coração.

Eu sou tão fraca.

Desista de mim. Ainda há uma chance — embora pequena. Eu te amo. Eu te amo. Eu te amo.

Vá.

Para sempre sua,
Red

E você ainda está aqui. Não é mesmo. Imune às minhas artimanhas, Índigo. Torci para você ir embora e se salvar. Mas você ficou. Eu acho que eu teria ficado também. Espero que eu fosse corajosa assim, se você é. Que uma daria o quanto pudesse para ler as últimas linhas da outra, escritas em água e para sempre.

Eu te amo. Se você chegou até aqui, isso é tudo o que eu posso dizer. Eu te amo e eu te amo e eu te amo, em campos de batalha, em sombras, em tinta desbotada, em gelo frio, salpicada em sangue de foca. Em anéis de árvores. Em destroços de um planeta desaparecendo no espaço. Em água fervente. Em ferroadas de abelha e em asas de libélulas, em estrelas. Nas profundezas da floresta solitária onde vaguei na minha juventude, olhando para cima — e mesmo lá você me observava. Você deslizou de volta pela minha vida, e eu te conheço desde antes de te conhecer.

Eu conheço a sua solidão e atitude, o punho fechado que você é, a lâmina: o caco de vidro no mundo verde-brilhante de Jardim. E ainda assim, você nunca caberia no meu. Eu queria poder ter te mostrado de onde eu vim, de mãos dadas, o mundo que fui designada a construir e proteger — não acho que você teria gostado, mas eu quero vê-lo refletido em seus olhos. Queria poder ter visto a sua trança, e queria que nós pudéssemos ter deixado para trás todos esses shows de horrores e encontrado outro juntas, só para nós. Isso é tudo o que eu quero agora. Um lugarzinho, um cachorro, grama verde. Tocar a sua mão. Correr meus dedos pelos seus cabelos.

Eu nem sei qual é a sensação, e você está...

Eu sinto muito. Não. Se chegamos até aqui, se você foi tão egoísta... eu não quis dizer isso. Eu teria lutado com você para sempre. Eu teria batalhado com você através do tempo. Eu teria te convertido e sido convertida. Eu faria qualquer coisa. Eu fiz tanta coisa e teria feito tudo de novo e mais. E ainda assim, aqui estou, uma tola, escrevendo para você uma última vez, e aqui está você, uma tola, me lendo. Nós somos iguais, ao menos, na tolice.

Espero que você nunca leia estas palavras. Fico enjoada de escrevê-las; eu sei como vai doer chegar tão longe. É sempre tarde demais para dizer o que precisa ser dito. Eu não posso te impedir agora. Não posso te salvar. Amor é o que temos, contra o tempo e a morte, contra todos os poderes dispostos a nos aniquilar. Você me deu tanto... uma história, um futuro, uma calma que me permite escrever estas palavras embora eu esteja me despedaçando. Espero ter te dado algo em troca... acho que você gostaria que eu soubesse que dei. E o que nós fizemos vai resistir, não importa o quanto tramem o mundo contra nós. Está feito agora e para sempre.

O que eu vou fazer, céu? Lago, o que eu faço? Pássaro azul, íris, ultramarina, o que pode vir agora que isso está feito? Mas nunca vai acabar — essa é a resposta. Sempre há nós.

Minha querida, profunda Blue... No fim como no começo, e por todos os meios, eu te amo.

Red

ed chega tarde demais.

Ela nem deveria ter vindo. A Comandante vai observá-la de perto, porque esse é seu triunfo, esperado há tempos. Red não se importa.

Ela raramente sonha, mas sonhou esta noite, com atores e um palco vazio, com Blue esmagando uma frutinha venenosa entre os dentes, e ao acordar Red gritou, suada, boca dormente, desperta e confusa, como se um painel de vidro dentro de sua alma tivesse se rachado. O terror a dominou. Ela não vai confiar na história ou nos relatórios dos espiões.

Fios queimam quando se entra neles. Ela se materializa no ar e entra em uma rua lamacenta que fede a merda, em alguma Albião fio acima, fria sob o sol fraco em um céu de cor pálida. Ela usa calças, um casaco longo, luvas simples; aos olhos dos locais, daria no mesmo se estivesse nua. Sua passagem cria ondas. Ela não vai se demorar ali. Jardim, em pânico, envia rebentos fio acima para pegá-la, persegui-la, matá-la; a Comandante, pressentindo isso, manda os próprios agentes para o confronto.

Fodam-se todos.

Ela conhece a loja, observou-a de longe, e adentra uma névoa de cheiros enjoativos de frutas e ervas secando e metais pesados, todas as paredes tomadas de ramos em algum estado de dissecação. O mestre alquimista atende uma cliente viúva com lágrimas escorrendo; eles encaram Red em choque, assustados, e ela os paralisa com um gesto de suas luvas. Sobe as escadas, encontra o quarto da aprendiz. Bate uma vez, rosna, arranca a porta das dobradiças.

E lá está ela, caída sobre a cama.

Ela podia estar dormindo, embrulhada na luz do sol, mas não está. O sangue já coagulou. Red queria que o veneno fosse indolor, mas o povo de Jardim — Blue — se agarra à vida, e soltá-los exige certa selvageria. Blue lutou para... Red não suporta pensar na palavra "morrer", de início, mas isso é hipocrisia. A culpa é dela. O mínimo que pode fazer é assumir. Começa de novo:

Blue lutou para morrer serenamente. Red só vê a dor porque sabe que existiu, e sabe também qual é a expressão de Blue quando está escondendo alguma coisa.

A face, imóvel. A mandíbula travada, lábios levemente separados. O peito não sobe ou desce. As pálpebras entreabertas, o branco dos olhos visível e varados de sangue.

Uma mão segura uma carta contra o peito. Na carta, o nome de Red. Seu verdadeiro nome. Blue não deveria sabê-lo. Por outro lado, Blue nunca disse que não sabia. Uma última confissão. Uma última provocação.

A carta está lacrada.

O céu deveria se partir.

O mundo está oco, suas muitas tranças emaranhadas como chiclete, sem sentido. Que morram.

Red cai de joelhos ao lado da cama. Ela passa a mão pelo cabelo de Blue e o segura entre os dedos, e não é como ela imaginava, e essa é a última piada sem graça. Ela agarra e sente o crânio, a imobilidade, e deixa que seus próprios soluços a engasguem e silenciem.

O céu muda de cor fora da janela. Vinhas brotam de tábuas mortas. Alarmes estão soando no ordenado Jardim e pelos corredores frios da Agência. Agentes expostos, em perigo, mortos. Monstros escalam fio acima para encontrá-la, para matá-la, salvá-la.

Ela segura Blue e a sente fria e enrijecida. O mundo treme e o céu escurece. Jardim pode queimar todo esse filamento para não deixar a infecção se espalhar.

Mas por algum instinto covarde, enquanto o céu escurece e os gritos começam lá fora, Red agarra a carta e corre.

Ela é rápida e feroz, e, diferentemente de seus perseguidores, não se importa se nunca mais encontrar o caminho de casa. Ela desliza de fio em fio. Cidades desabrocham e apodrecem ao seu redor. Estrelas morrem. Continentes mudam. Tudo começa, e tudo fracassa.

Ela se encontra em um penhasco no fim do mundo. Nuvens cogumelo florescem no horizonte enquanto remanescentes de remanescentes da humanidade se destroem.

Suas mãos tremem ao erguerem a carta. O lacre é uma nódoa, um ponto, um fim. Ele ri dela, tão vermelho como Red, e faminto, e ela quer dentes sob os quais se encolher, uma caverna que seja uma boca onde ela possa se esconder e ser devorada e engolida e desaparecer. Isso é a última coisa. Blue deveria ter escutado. Deveria ter fugido. Como ela pode ter morrido assim? Como ela pode ter morrido?

As lágrimas são de raiva, primeiro, mas a raiva se consome rápido. As lágrimas ficam.

Ela passa os dedos sob a aba e puxa. O lacre se rompe fácil como uma espinha.

Ela lê.

Ao redor, o mundo queima. Plantas murcham. As ondas levam as carcaças para longe da costa.

Red grita aos céus. Chama por Seres nos quais não acredita. Ela deseja que Deus exista para que possa xingá-la.

Ela lê novamente.

Vento radioativo sopra contra ela. Órgãos escondidos despertam para mantê-la viva.

Uma sombra está atrás dela.

Red se vira e olha.

Ela nunca tinha visto a rastreadora antes, sua sombra; mesmo agora só vê o contorno, uma distorção, cristal no fundo de um rio límpido — e uma mão esticada. Não era ninguém da Agência, afinal — e nem de Jardim. Isso deveria ser um mistério, um desvelar de segredos... uma resposta.

O que importa?, ela pensa. *De que importa tudo isso?*

Ela põe a carta naquela mão vitrificada e pula do penhasco.

Agarra-se a seu desespero conforme pedras passam e outras se aproximam e o céu é arrasado por bombas, mas em seu último suspiro antes do impacto, ela freia. Isso seria bom demais para ela, fácil demais, rápido demais. Blue não a agraciaria com uma morte tão limpa. E ela sempre foi uma covarde.

Chorando, xingando, arrasada, a um milímetro das rochas, ela desliza para o passado.

Ah, Red.

Sentir você se contorcendo em mim. Retorcendo. Você é um chicote se desenrolando nas minhas veias, e eu escrevo entre o recuo e o estalo.

É claro que escrevo para você. É claro que eu comi suas palavras.

Vou tentar me recompor — me organizar em algo que você possa ler. Eu recorro a papel e pena porque não dá tempo agora de fazer qualquer outra coisa — e é um luxo, de certa forma, fazer isso. Escrever em plena vista. Escrever, também, ao ritmo do que sinto acontecendo. É fascinante, à sua própria maneira. É tudo o que eu queria de uma inimiga. Queria que você pudesse me ouvir aplaudindo.

Bravo, minha romã. Muito bem. Nove de dez.

(Eu reservo um ponto, sempre, para encorajar um esforço maior.)

A dor nos dentes de trás é um toque interessante. Já passei pelo suor e frio e agora acho que as minhas mãos estão começando a tremer, então peço que você perdoe as minhas falhas no domínio da pena. Você pode ler o seu triunfo nelas.

A princípio, eu fiquei decepcionada, sabe — a obviedade do

blefe duplo. Me pareceu que você protestou demais. Mas funcionou, afinal... eu mordi sua maçã envenenada. Não haverá caixão de vidro — a única coisa que seu Turno teria sido para mim — e certamente não haverá príncipe necrófilo para me levar a uma história diferente.

Você teria dado uma agente esplêndida para o nosso lado, de verdade. Se tem uma coisa que me entristece nisso tudo é o seu desperdício — doce e segura em lugares frios e afiados que não vão amar perfurar sua pele.

A agulha afunda e se espalha pelos canais. Eu jorro anacronismos enquanto relaxo. É bom me sentir tão em comunhão com o universo, de algum modo. Eu nunca morri exceto uma vez — aquela vez que eu te contei — e foi muito diferente. Estranho como ser apagada pode te alinhar a uma narrativa mais grandiosa.

Eu te amo. Isso era verdade. Com o que resta de mim eu não consigo evitar te amar ainda. É assim que você vence, Red: um jogo longo, uma mão sutil bem planejada. Você me enganou muito orquestradamente e espero que não se importe que eu sinta um pouco de orgulho de você por uma traição tão magnífica.

Eu te vejo agora como a ampulheta vermelha nas costas de uma viúva-negra, medindo minha vida sobre o sangue derramado. Imagino você encontrando o que restar do meu corpo, girando suas mortalhas de nanomáquinas para partir, aprender, consumir os meus restos. Imagino que vá ser exaustivamente limpo. Chato, até. Eu certamente espero já estar morta até lá.

A dor é mesmo excruciante. É maravilhoso, de verdade. É essa a sensação de não sentir mais fome? Muito menos trabalhoso do que o outro jeito. Eu queria poder voltar fio acima e...

Acho que é isso. Preciso manter força o suficiente para lacrar a carta. Se não, o que a sra. Leavitt diria? Ou Bess, ou Chatterton?

Obrigada, Red. Foi uma grande aventura.
Cuide-se, minha baga de teixo, minha cereja-selvagem, minha dedaleira.

Da sua
Blue

ed mata tempo.

Ela avança pelos véus do passado, uma mulher vestida de fogo, mãos molhadas do sangue inimigo. As lâminas nas unhas dela rasgam a carne das suas costas; ela te persegue como uma sombra por corredores longos e vazios, passos medidos metronomicamente, inescapáveis. Ela visita as graças de um anjo sombrio nos destroços de metal retorcido de Mombaça e Cleveland.

A Comandante a repreendeu por ter se exposto na loja do boticário, mas Red afirmou que precisava ver, se certificar de que a ameaça estava acabada. A Comandante acreditou nela? Talvez não. Talvez sobreviver seja uma forma de tortura.

Ela perdeu toda a sutileza que Blue sempre a provocou por não ter, sua velha paciência competitiva para um bom trabalho de oficial. Ela abandona suas ferramentas, recua para as bases físicas mais grosseiras. Ganhar essa batalha, perder aquela, estrangular aquele velho mau em uma banheira na cobertura de seu arranha-céu, parece vazio porque é: na guerra que disputam através do tempo, que vantagem duradoura vem de assassinar fantasmas, que, com uma leve mudança de fios, vão retornar à vida ou viver vidas diferentes que nunca os levarão à lâmina do executor? Tarefa repetitiva, assassinato. Matá-los sempre e sempre, como ervas daninhas, todos os monstrinhos.

Nenhuma morte é permanente, a não ser aquela que importa.

Ela é inútil para o esforço de guerra desse jeito. Tão válido quanto remover neve do caminho com uma pá. Mas ela é uma heroína, e heroínas podem remover neve, se quiserem.

Jardim envia armas contra ela, fedendo a verde, uivando ao deslizar por estranhos ângulos de tranças alienígenas até qualquer terra fantasma em que ela esteja, companheiros adequados para matar ou morrer.

Ela visita a Europa, porque Blue gostava dali.

Ela pensa nesse nome em sua cabeça agora. Qual é o risco?

Ela vê Londres se erguer e se incendiar, fio acima e abaixo; ela se senta no topo da Saint Paul e bebe chá e assiste a doidos lançarem bombas enquanto outros doidos pulam de telhado em telhado para apagar o fogo. Ela atira lanças em revoltas contra os romanos. Começa um grande incêndio no ano da praga. Em outro fio, ela apaga esse incêndio. Deixa uma turba destroçá-la. Anda pelas ruas infestadas de cólera enquanto Blake rabisca apocalipses no andar de cima. O metrô ainda funciona, em alguns fios, muito depois de a cidade ruir com robôs ou motins ou apenas abandono, toda essa bela história uma concha descartada por seres que, como deuses, migram em direção aos céus, e ela pega o trem, enferrujado, vazio, em círculos, cheirando a uma podridão que não sabe de onde vem. Covarde, os trilhos a chamam... de pouco adianta lutar agora. Covarde continuar, e covarde procurar um fim.

Mesmo alguém imortal não consegue rodar as linhas de metrô para sempre. Ela vaga por túneis úmidos, acompanhada por uma marcha de ratazanas conscientes — elas fedem e sibilam, seus rabos deslizam sobre os tijolos e Red deseja que a atacassem. Elas não são tão tolas, ou são muito cruéis. Ela cai de joelhos, e as ratazanas passam como uma maré ao lado, bigodes afiados contra suas bochechas; rabos se enrolam em suas orelhas, e quando a maré passa ela está chorando novamente, e embora nunca tenha tido mãe, acha que sabe como seria o toque de uma.

Ela se lembra do sol. Ela se lembra do céu.

Red não pode ficar lá embaixo para sempre. Não sabe por que escolhe aquela estação, mas ela deixa os trilhos e sobe.

Ela vai ver a cidade uma última vez, e então.

Mesmo serena, segura, ela não consegue enquadrar esse *então*.

Ela para, a mão no corrimão, dominada por... não é bem o "espírito da escada" do ditado francês, mas o tipo de espírito que sussurra no seu ouvido quando você se aproxima de um cômodo familiar, dizendo que se você bater à porta, que se a porta estiver aberta, seu mundo vai mudar.

Depois de um longo tempo, ela percebe que está escarando um mural. Uma cópia de uma pintura antiga, feita para anunciar um museu que há muito virou cinzas. O mural sobreviveu ali, em um metrô que parece um bunker.

Um garoto morre em uma cama, perto de uma janela.

Uma mão agarra seu peito imóvel, a outra se arrasta no chão. Ele é lindo, e veste calças azuis.

Red cambaleia até a parede.

A janela meio aberta. O casaco jogado ao lado da cama. A caixa aberta. Quadris meio arqueados. Cada detalhe da pose está certo, salvo a ausência da carta e o fato de que o garoto sobre a cama no mural não se parece nada com Blue. Para começar, seu cabelo é vermelho.

O terror toma conta de Red sob a terra. Ela pensa: *Isso deve ser uma armadilha.* Ela se sente observada por uma mente muito mais sutil e vasta. Mas, se for uma armadilha, por que ela ainda está viva? Que jogo é esse, safira? Que vitória lenta, ó coração de gelo?

O garoto morto permanece.

A ruína dos falsificadores do fim do século. Chatterton, aquele Menino Maravilhoso.

E ela se dá conta: Blue não a mataria. Red sabe disso. Sempre soube.

Então por quê? Uma provocação? Eu vou me escrever no mundo, de modo que você me veja por todas as tranças e sofra?

E ainda assim. Red não reconheceu a referência àquela pintura — e nem a Comandante reconheceria. Pois para a Comandante, arte é uma curiosidade, um desvio na jornada da matemática pura.

Red pensa em esteganografia, em cartas ocultas, nos anéis das árvores.

Vou tentar me recompor — me organizar em algo que você possa ler.

Ela se lembra daquela última carta. *Um jogo longo*, ela escreveu, *uma mão sutil bem planejada.* Lembra *entre o recuo e o estalo.* Lembra *romã*, e para que servem as romãs.

Elas agarram na garganta. Elas se espalham em centenas de sementes. Elas trazem as filhas da terra de volta à terra dos mortos — mas a morte não as reclama.

O que é isso, senão a fantasia enganosa de uma mente pequena? O que é isso, senão juntar palhas contra a morte e o tempo?

O que é o amor, sempre, senão...

Eu queria poder voltar fio acima, Blue escreveu.

Red pensa: *Há uma chance.*

Uma chance? Chame de armadilha, uma tentação, suicídio com uma face gentil. Qualquer uma dessas coisas estaria mais perto da verdade.

Tudo isso supondo que foi Blue quem enviou essa mensagem... que Red não a manufaturou, buscando desesperadamente por significados em imagens puídas que a próxima volta da trança vai apagar. Arte vem e vai, na guerra. A pintura na parede do metrô pode ter sido um acidente. Ela pode estar inventando tudo isso.

Mas.

Há uma chance.

O veneno de Red foi construído para matar uma agente de Jardim — como Blue. Não teria efeito em alguém da facção de Red. Alguém com seus códigos e anticorpos, com sua resistência.

Jardim abriga seus agentes enquanto eles crescem em creches integradas rodeadas de armadilhas. Blue quase morreu na creche, quando criança — amputada, deformada. O resultado é que há um buraco em sua mente. E todo buraco é uma abertura.

Red não tem a menor esperança de se aproximar da creche sendo como é. Jardim admite somente os seus.

Blue, sendo como era, não pôde sobreviver. Red, sendo como é, não pode se aproximar dela.

Mas elas salpicaram pedacinhos de si mesmas pelo tempo. Tinta e ingenuidade, flocos de pele sobre o papel, um pouco de pólen, sangue, óleo, dentro, no coração de um ganso.

Pedras assentadas para avalanches vindouras. Se quer mudar uma planta, comece pela raiz.

O plano que está formando oferece incontáveis jeitos de morrer, e de sofrer no caminho. Se a Comandante encontrá-la, a dor será longa e lenta, e morrerá balbuciando alucinações. Se Jardim a encontrar, ela será encapsulada, fatiada e descascada, sua mente destruída, seus dedos arrancados e trançados. O outro lado não tem mais compaixão do que o de Red. Terá que seguir o rastro que ela e Blue apagaram enquanto elas o criam, esquivando-se de seus inimigos e antigos companheiros, e então, enfim, entrar no abraço inimigo. No ápice de sua forma, não haveria certeza de sucesso.

A decisão se forma como uma joia em seu estômago.

A esperança pode ser um sonho. Mas ela vai lutar para torná-lo real.

Ela se estica para tocar a mão do homem morto na parede.

Depois sobe e começa a rastrear.

ed não é nenhuma tola: começa toda essa jogada desesperada com uma autocirurgia. Ela se perfura com uma lâmina fina comprada no século XIII, em Toledo, quebra os óbvios sistemas de rastreamento. A Comandante pode ainda rastreá-la enquanto ela sobe e desce a trança da história, mas isso leva tempo, e Red se move rápido.

A primeira carta é fácil.

Elas ainda não sabiam que estavam sendo observadas, é claro. Apenas precauções básicas tomadas. Ela emerge das sombras dos destroços de uma nave e encara o céu de um mundo que elas destroçaram e abandonaram. A carta está em cinzas; ela corta o dedo, pinga sangue nas cinzas e forma uma massa enquanto o mundo se parte. Ela aplica luzes áureas e sons singulares. Ela dobra o tempo.

Trovões se aproximam. O mundo se parte ao meio.

As cinzas se tornam um pedaço de papel, com tinta safira em uma caligrafia tortuosa no alto.

Ela lê. Ela entranha o início em si mesma. *É assim que vamos vencer.*

Red encontra água em uma máquina de ressonância magnética em um hospital abandonado e bebe. Em um abismo-templo, Red rói ossos caídos. No coração de um enorme computador, ela espia através de circuitos ópticos. Em um deserto congelado, ela enfia as farpas de uma carta em sua pele. Ela os entranha em si, adapta. Encontra todos os tons faltantes de Blue.

Enquanto as provocações nas cartas mudam de tom, ela precisa ser mais criativa. Uma aranha comendo uma libélula. Uma sombra bebendo lágrimas e as enzimas que elas contêm.

Ela se assiste chorando em um pântano jurássico, e embora saiba que é uma armadilha deixada pela Red mais jovem para sua sombra perseguidora, as lágrimas ainda cortam e queimam. Não consegue se impedir de chegar mais perto, de tentar dizer com um toque *eu estou aqui*. Às vezes é preciso abraçar alguém, mesmo que a pessoa possa confundir o abraço com estrangulamento. Ela luta consigo mesma nas sombras e sente a dor quando quebra seu próprio quadril.

Ela viaja pelo labirinto do passado e relê as cartas. Recria a si mesma e a Blue, que parecem tão jovens agora, em seu coração.

Ela se agarra ao texto como a uma tábua em uma inundação — Red em dente e garra, as hordas mongóis, malditas Atlântidas, uma fome tão afiada e intensa que poderia rachá-la ao meio, fazer surgir algo novo. Chá de rosa-mosqueta. Promessas de livros. *Que tenha sido eu a te ensinar isso.* Cuidar uma da outra.

As migalhas de pão que ela encontra quando procura! Blodeuwedd. *Seria necessário praticamente estar usando a pele da pessoa.* Por quanto tempo ela planejou isso? *Há quanto tempo você sabia, meu Humor Índigo?*

Ou ela não sabia de nada? As conexões são pequenas, negáveis. As migalhas de pão podem ser apenas migalhas.

Red as devora de qualquer forma. Já decidiu; não há mais espaço para dúvida.

Red pode estar louca, mas morrer por loucura é morrer por alguma coisa.

Agentes da Comandante farejam-na, perseguem-na. Encurralam-na em um navio pirata da frota de Coxinga, naufragando, e ela acaba com eles rápida e cirurgicamente, depois arranca seus escudos de camuflagem e os usa.

Uma carta é mais do que texto. Ela entranha Blue em si mesma ao lê-la: lágrimas, respiração, pele — a maior parte desses traços foram apagados, mas uns poucos permanecem. Ela constrói um modelo da mente de Blue com as palavras que ela deixou; molda seu corpo com as medidas da carta. Quase.

E, por fim, Red está em um penhasco no fim do mundo e estende a mão, e seu coração se parte ao se ver chorando no mundo de antes. Ela deseja poder se abraçar, esmagar-se em um abraço feroz.

A Red arrasada põe a última carta de Blue em sua mão e pula do penhasco e não morre.

A carta permanece — o lacre, a cera com uma gota de sangue dentro.

Em uma ilha deserta bem longe fio acima, ela coloca o selo sobre a língua, masca, engole e desmaia.

Ela se cobre em tons de Blue, do sangue, lágrimas, pele, tinta, palavras. Ela se contorce de dor com o que cresce dentro dela: novos órgãos florescem das células-tronco autossintetizadas e empurram do caminho velhos pedaços de si. Vinhas verdes enlaçam seu coração e o tomam, e Red vomita e sua até que as vinhas entrem no ritmo dela. Uma segunda pele cresce em sua pele, estourando em bolhas. Ela se rasga como uma cobra e jaz transformada. E mais: outra mente vagueia nas margens da sua.

Ela se sente alienígena. Passou milhares de anos matando corpos como os que está vestindo. A espuma do mar transforma o estéril nascer do sol em arco-íris.

Sua transformação não passou despercebida.

Fios de tempo ecoam com os passos leves e rápidos das irmãs-soldados de Red: a Agência farejou sua traição, sua heroína convertida. Ela é carne, agora, para os dentes deles.

Se já estão irritados assim, imagine quando souberem do seu próximo truque.

Red mergulha desse fio, despenca pelo espaço entre as tranças. Sente o tempo diferente agora — ela continua a mesma, mas é também um eco do seu amor, um golpe de raspão, um quase. Os cães ladram atrás, as irmãs de Red, suas rivais mais ferozes e rápidas, mas uma a uma elas percebem aonde Red está indo e desistem da perseguição. A última, forte e burra demais para o próprio bem, permanece, cada vez mais perto, sua mão quase agarrando o tornozelo de Red. Mas a muralha verde surge à frente, a grande fronteira onde futuros se transformam de Nossos a Deles.

Red atinge a muralha, que lê as partes de Blue nela, borbulha, resiste a princípio, e Red pensa: *É isso, a chance fracassou, acabou.* Mas então a muralha se abre e Red atravessa e a muralha se fecha rapidamente atrás dela. Sua perseguidora se estilhaça.

Red cai, voa, descendo por fios que ela nunca se atreveu a tocar, até Jardim.

Ela entra como uma carta, lacrada com Blue.

Primeiro, ela se encontra em órbita.

O espaço ali é doente. Espesso. Pegajoso. Ela se afoga em uma luz nauseante e pesada como mel. Passar pelo vácuo é como escorregar por carne. O frio toca sua nova pele, mas não queima; seus pulmões não têm ar, mas ela não precisa respirar. Longe e perto, muito perto, brilha um sol que é um olho com uma grande pupila de ampulheta, como a de uma cabra, varrendo o espaço por fraquezas para melhorar, explorar. Todas as estrelas são olhos ali, sempre rastreando. Os profetas de Red protestam contra um universo indiferente; ali, no domínio de Jardim, todo o vasto mundo se preocupa.

O planeta que ela circula já perdeu sua utilidade, ela sabe — os novos órgãos lhe informam. O espaço de fluido espesso se abre. Raízes verdes descem dos vãos, se enrolam no globo e, com a força gentil de uma poda, o esmigalham em terra, extraindo vida de seus fragmentos até que restem apenas cinzas. Os nutrientes são necessários em outro lugar.

O olho que é um sol passa por ela, e Red queima com a fúria de seu olhar.

Ela cometeu um erro terrível. É uma tola, e vai morrer

longe de casa. Como pôde pensar que conhecia esse lugar pelas cartas, pelas memórias de uma amiga? Como pôde ter tanta certeza; como pôde acreditar que se tornaria Blue o bastante para sobreviver ali? Se não sabia disso, será que conhecia mesmo Blue?

São esses os pensamentos que buscam traí-la: rachaduras para que raízes a explorem.

Ela pensa em Blue e não se quebra.

O olho segue em frente e Red também, sem demonstrar seu alívio.

Ela anda pelos muitos mundos de Jardim. O próprio espaço é hostil a ela, ali. Musgos exalam gases de sono; esporos flutuam procurando pulmões traidores onde se aninhar. Constelações pendem fosforescentes no céu, e vinhas se emaranham entre galáxias, enormes troncos fazendo pontes entre golfos estelares. A vida rebenta e desabrocha até na fusão nuclear no coração das estrelas. Ela está perdida.

Red rastreia Blue. Atravessa um mangue crescendo em um mar de mercúrio, e aranhas do tamanho de suas mãos caem sobre ela, fazendo cócegas em seus braços, seu pescoço, leves como penas. Eles a questionam em seda e ela responde a cada desafio com memórias de Blue. Blue trançando capim. Blue bebendo chá. Blue, de cabelo raspado, indo roubar de Deus. Blue com seu porrete erguido, Blue com lâmina, Blue fazendo nascer futuros.

As aranhas marcam-na com suas presas, o que é um jeito perigoso de lhe informar sobre o caminho. Mas embora o conhecimento queime suas veias, a mulher que Red se tornou não morre.

Ela segue fio acima. Avança lentamente, pisa leve.

Nós somos semeados, eu acho que você sabe, Blue escreveu.

Nós nos enterramos nas tranças do tempo. Nós somos a cerca viva, inteiramente, botões de rosa com espinhos em vez de pétalas.

Red encontra o lugar. A sabedoria das aranhas a leva até um vale verde de vinhas e mariposas, onde desabrocham flores impossivelmente brancas, seus corações apenas um pontilhado vermelho. Ela entra em uma terra de fadas.

Parece uma das amadas pinturas de Blue, mas Red pressente o perigo ali. As rosas exalam aromas de sono: *Venha descansar entre nós para que nossos espinhos possam trepar pelos teus ouvidos até a maciez lá dentro.* Um enorme cobertor de mariposas de asas cinzentas cai dos galhos de salgueiros para flutuar ao redor dela, pousar sobre ela, provar seus lábios com os probóscides. Asas mais afiadas do que lâminas correm por seus tendões. A grama cresce para amaciar seus passos, mas ela sente a força contida. Ela é Blue o bastante? Se esse lugar suspeitasse do que ela é, Red morreria na hora: escalavrada por asas de mariposas, estrangulada pela grama, comida pelas rosas.

Mas ela pertence a esse lugar. Esse lugar combina com a novidade, com a Bluedade, dentro dela. Desde que não tenha medo. Desde que não vacile e dê ao bosque qualquer razão para suspeitar.

Uma asa de mariposa pressiona, por pouco, entre seus cílios, e ela não grita nem vomita nem corta seu olho ao meio.

Esse é o lugar de Blue. Red não vai dar a ele a satisfação de matá-la.

O pólen espessa o ar com sabedoria. Andar é nadar, e então ela nada, fio acima pela raiz principal que é esse bosque, para um passado que Jardim cercou com muralhas e espinhos para guardar a terra fértil de onde seus agentes mais perfeitos florescem.

Sementes plantadas, raízes se espalhando pelo tempo.

Red nada para o coração vegetal do bosque, cercado de mecanismos úmidos e verdes que Jardim usa para criar e alimentar suas ferramentas, suas armas. No entanto, olhando de modo diferente, com olhos humanos, ela se vê em uma colina perto de uma fazenda no outono.

Lá, jaz a princesa.

A princesa é uma criatura de espinhos e lâminas e chama. Ela é a grande arma inacabada, destruidora e bela. Fileiras de dentes brilham em sua boca.

Olhando de outro jeito, ela é uma garota adormecida em uma colina iluminada.

Quando eu era muito pequena, Blue escreveu, *eu fiquei doente.*

Quando crescer, ela estará pronta para a guerra. Mas ela ainda não é Blue.

Red se aproxima. Os olhos da princesa se abrem, dourados, cintilantes — e escuros, profundos, humanos, tudo junto, uma armadilha dentro de uma armadilha. Bela garota monstro, ela pisca, entre o sonho e a vigília.

Red se inclina sobre a cama e a beija.

Os dentes dela cortam o lábio de Red. Sua língua se estica e reclama o sangue derramado.

Red entalhou o veneno em sua memória naqueles longos dias no laboratório, enquanto transformava bagas em parágrafos: um veneno faminto, para fazer com que as defesas de Blue se virassem contra ela, para fazer com que Jardim a amputasse, para devorá-la por dentro.

O sangue que dá para Blue beber possui um antegosto daquele veneno — e do antídoto de Red, sua resistência. Um pequeno vírus que, se funcionar, vai marcar a jovem Blue com o mais delicado tom de Red.

Eu fui comprometida por uma ação inimiga.

Tome isso de mim, Red pensa. *Carregue com você, uma raiz alimentada pelo que te mataria. Carregue a fome todos os dias. Deixe que ela te cuide, te guie, te salve.*

Para que quando o mundo e Jardim e eu e todos pensarmos que você está morta, alguma parte de você desperte. Viva. Lembre.

Se isso funcionar.

O olhar da garota que seria Blue se fixa nela, sonhador, confiante. Ela prova o que lhe é oferecido, reconhece a dor ali, e engole.

A fome corre carmim pelas veias da garota e pelas suas raízes até o vale; ela pulsa e rebenta em pétalas de flores; caustica as asas das mariposas. O bosque arde. Red foge. Mariposas em chamas disparam atrás dela, entalham sulcos em suas pernas e braços e barriga, mas as feridas são cauterizadas logo que feitas. Uma decepa o dedo mínimo de Red. A grama agarra sua perna, arranca a pele de um pedaço da panturrilha direita, mas a grama também se encolhe de fome, e Red cambaleia adiante, sangrando, e tateia fio acima em direção à casa que traiu, em direção à segurança que não é mais segura.

Mas ela não sabe para onde mais pode ir.

O massacrante peso pegajoso do espaço não está mais imóvel. Raiva tensiona a pele dos mundos. Olhos que são estrelas procuram uma traidora.

Jardim a persegue.

Red é rápida, esperta, poderosa, e sente dor. Livre do bosque, quando não é mais necessário ser discreta, ela mobiliza sua armadura, suas armas, e luta para escapar. Basta dizer que não acaba bem. As estrelas que são olhos prendem-na entre possibilidades. Ela batalha com raízes gigantes no vácuo. Libertando-se a muito custo, ela perde a armadura, ossos, dedos, dentes. Red apela para sua última arma secreta de guerra, queima as raízes, cega os olhos — as estrelas colapsam e explodem, e Red cai por um vão entre mundos como se caísse em uma boca.

Ela cambaleia entre fios, em silêncio e tempo nulo, despencando por fim, quebrada, sangrando, quase inconsciente, em um deserto ao lado de duas imensas e destroncadas pernas de pedra.

Ela ergue os olhos, encara, e ri com a voz falhando.

E então as legiões da Comandante caem sobre ela como a noite.

ma cela é todo o mundo de Red.

É levada dali às vezes, para ser questionada. A Comandante tem tantas perguntas, todas variações do básico: por que e quando, e como e o quê. Eles acham que sabem *quem*.

Na primeira vez que a Comandante a interrogou, Red sorriu e disse a ela para perguntar com jeitinho. Então eles a machucaram.

Na segunda vez que a Comandante a interrogou, Red disse mais uma vez para ela perguntar com jeitinho. Eles a machucaram novamente.

Às vezes eles oferecem dor. Às vezes oferecem uma boa refeição e liberdade, uma palavra que deve significar alguma coisa para eles.

Mas quando ela não está em uso, o mundo é essa cela, essa caixa: paredes cinzentas que se encontram sobre sua cabeça; um chão liso e cinza; cantos arredondados. Uma cama. Um vaso sanitário. Quando ela acorda, encontra comida em uma bandeja. Quando alguém vem falar com ela, uma porta se abre em um ponto aleatório da parede curvada. Sua pele está em carne viva. Sob ela, há espaços vazios onde ficavam suas armas.

Red suspeita que construíram essa prisão especialmente para ela. Eles a arrastam por outras celas, todas vazias. Talvez queiram que ela pense estar sozinha.

A guarda se aproxima certa manhã. Ela decidiu acreditar que quando dorme é noite, que quando acorda é manhã. Sol ausente, quem se importa? Ela é arrastada por outro corredor vazio. A Comandante aguarda. Sem alicate dessa vez. Parece tão cansada quanto Red. Ela aprendeu o que é exaustão em suas muitas sessões juntas, assim como Red aprendeu o que é medo.

— Fale — diz a Comandante. — Esta é a última vez que eu pergunto. Amanhã, vamos te despedaçar e analisar os pedaços para descobrir o que precisamos.

Red ergue uma sobrancelha.

— Por favor — fala a Comandante, seca como aço.

Red não diz nada.

Ela não pensa em romãs. Não ousa ter esperança. Só tinham uma chance. *E mesmo que tenha funcionado, mesmo que ela tenha acordado, por que viria salvar você?*

Você a traiu.

Red não pensa.

A guarda a arrasta de volta pelo longo corredor e para diante de uma porta aberta.

Red, pronta para ser atirada mais uma vez em seu pequeno mundo cinzento, olha para trás. A guarda a observa com olhos serenos e avaliadores e a boca torcida em uma linha cruel e esperta.

— Por que você está fazendo isso? — Rouco, baixo. Eles não devem conversar com prisioneiros.

Red sempre gostou de uma conversinha. E... amanhã é o fim.

— Algumas coisas importam mais do que vencer.

A guarda considera a resposta. Red conhece o tipo: idealista, mas sem habilidade, esperando subir de posição por ser de confiança. No entanto, sua deserção a fez abrir a boca. Blue teria ficado impressionada.

— Você invadiu Jardim, e escapou, e se recusa a nos contar como. Então você não está do nosso lado. Por que então não se juntou a eles, quando teve a chance? Nos entregou? — Tão sincera. Red já foi assim.

— Jardim não nos merece. Nem a Agência.

E por "nós" ela quer dizer ela mesma e Blue, onde quer que esteja, se de fato está. Ela quer dizer todos eles, todos os fantasmas de todos os fios morrendo nessa velha guerra doentia. Até essa guarda. Red dá a ela essa verdade, ao menos. Talvez isso salve sua vida.

A guarda a joga em sua cela de qualquer jeito.

Red cai no chão e escorrega. Ela fica deitada imóvel e não ergue os olhos. Algo farfalha atrás dela. A porta da cela se fecha. Tudo acaba em breve. Ela fez o que pôde. A guarda se afasta, as batidas das botas ecoando pesadas, medidas, lentas.

Quando Red olha para cima, um pequeno retângulo de papel jaz sobre o chão.

Ela se contorce em direção ao envelope, agarra-o.

Seu nome. A caligrafia que ela reconhece.

Ela se lembra da pegada forte da guarda em seu braço. Lembra aquela voz. Era familiar?

Ela abre o envelope com o polegar e lê, e na segunda linha suas bochechas estão doendo com a ferocidade do seu sorriso.

eu querido Hiper Objeto
Extremamente Vermelho,

eu não sabia o que você
ia fazer.

Eu quero me explicar — esse eu que você salvou, esse eu que você infectou, esse eu retorcido em Möbius com o seu eu desde o longínquo começo.

Eu plantei a sua carta. Eu a observei crescer. Eu cuidei dela e pensei em alimentá-la com o meu sangue, criando nela uma boca pela qual poderia falar com você. Você me falou para não ler. A ideia da sua ingenuidade me encantou ao mesmo tempo em que a da sua traição me queimava. Tinha que ser um ou outro: como você podia pensar que seu fracasso em me matar resultaria em qualquer coisa além da sua própria morte? Como você não viu que isso era um teste? Como, a menos que confiasse na sua conquista o suficiente para saber que eu me tiraria da jogada por você, impulsionada por uma demonstração desastrada da sua dor?

De todo modo, havia apenas uma escolha. Para proteger você — não importando suas intenções — eu precisava me render.

Não foi difícil. Verdade seja dita, Red: não ler a sua carta foi muito mais.

Quando você disse que não escreveria novamente, quando você disse... aquela é a única carta sua que eu quis apagar de mim. Sendo sincera, foi parte por causa disso que eu mordi a isca. Ser desfeita, ter aquela última carta reescrita — ser destruída por você foi mais fácil, de verdade, do que viver com o que você propôs.

Mas eu sou gananciosa, Red. Eu queria a última palavra, bem como a primeira.

Espero que você não tenha levado a minha resposta muito a mal. Eu sabia que talvez você não fosse a primeira a ler. Quero que você saiba: eu morri pensando que se alguém pudesse me manter viva, seria você. Foi, eu confesso aqui, um pensamento presunçoso: que eu morresse pelas minhas próprias mãos, e fosse ressuscitada pelas suas.

Lembre que prometi infiltração desde a primeira carta — te desafiei a ser infectada por mim. Eu não tinha como saber, na época — eu não tinha, e nem você —, quão completamente você já estava dentro de mim, me protegendo do futuro. Você sempre foi a fome no meu coração, Red — meus dentes, minhas garras, minha maçã envenenada. Em uma rua com pedrinhas de brilhantes, eu fiz você como você me fez antes.

Ainda há uma guerra acontecendo, é claro. Mas essa é uma estratégia inédita. O que Genghis diria se nós construíssemos uma ponte juntas, Red? Imagine se nós atravessássemos os fios e emaranhados queimados, passássemos pelos nós da trança — imagine se nós desertarmos, não uma para o lado da outra, mas uma para a outra? Somos as melhores no que fazemos. Vamos fazer algo que nunca fizemos? Vamos furar e torcer e tocar a trança até que ela nos ceda um lugar fio abaixo, curve o garfo dos nossos Turnos em hélices duplas em torno do nosso par de base?

Vamos construir uma ponte entre nossos Turnos e mantê-la — um espaço onde ser vizinhas, ter cachorros, compartilhar chás?

Será um jogo longo, lento. Vão nos caçar mais ferozmente do que jamais se caçaram — mas por algum motivo eu acho que você não se importaria.

Eu consegui cinco minutos para você escapar. As instruções estão no verso, embora eu duvide que você precise delas.

Eu não estou nem aí para quem ganhar essa guerra, seja Jardim ou a Agência — em direção ao Turno de quem o arco do universo se dobrar.

Mas talvez seja assim que nós vencemos, Red.

Você e eu.

É assim que vencemos.

AGRADECIMENTOS

Max: É costumeiro começar os agradecimentos mencionando como "este livro não existiria sem...", mas eu suspeito que este livro, particularmente, teria encontrado um jeito de existir contra qualquer adversidade. Todavia! Tantas pessoas prepararam o caminho e deram forma a este volume final.

Amal: Tantas pessoas! E embora talvez seja de bom-tom agradecer a G. Lalo por produzir o papel incrivelmente lindo que estimulou estes escritores com mais tinta do que tempo nas mãos (DESCULPE) a começar uma lenta correspondência... estes agradecimentos estão, talvez, para além do escopo até mesmo deste projeto. Vamos seguir para nossos amigos e família!

M: Muito da nossa *Guerra do tempo* foi composta no gazebo de um benfeitor anônimo, e essa é uma frase que eu sempre quis digitar. Todos os agradecimentos e glórias para este indivíduo. Eu diria que ele sabe quem é, mas ele não sabe. Talvez tenha sido... VOCÊ?

A: Shh, nós já falamos demais! Mas, de verdade, obrigada, A. B. — tantos dos pássaros e abelhas em torno do gazebo entraram na história, e somos gratos pelo empréstimo deles.

M: Minha esposa, Stephanie Neely, é uma constante fonte de força, encorajamento, alegria e bom humor, sem os quais a arte cai no silêncio, e ela me trouxe de volta à vida em diversas ocasiões. Ela é aquilo sem o qual não há nada. Eu te amo, Steph!

A: Meu marido, Stu West, passou os primeiros anos do nosso relacionamento proclamando em alto e bom som o seu ódio por a) novelas e b) trabalhos de coescrita, então quase nem consigo expressar quão feliz e agradecida eu estou que ele tenha posto esses preconceitos de lado para amar este livro sem reservas. Seu entusiasmo carinhoso e apoio incessante são um bálsamo e um lar. *Shukran habibi*!

M: Como qualquer livro, este aqui teve muitos guias. Os pais de Amal, Leila Ghobril e Oussama El-Mohtar, toleraram generosamente a nossa ocupação da mesa da sala de estar com notas cheias de pontos de exclamação e cantorias de músicas de *Steven Universe*; Kelly e Laura McCullough providenciaram uma hospitalidade essencial, e machados de arremesso.

A: Um profundo e querido agradecimento a DongWon Song e a Navah Wolf, agente e editora (respectivamente), ambos mais do que extraordinários, por aceitar essa criatura literária tão estranha e nos ajudar a dar forma e refiná-la. Este livro não seria o que é sem eles. Celebrem-nos intensamente! Um amoroso agradecimento também a Felicity Maxwell, por sua generosa expertise em Bess of Hardwick.

M: É preciso uma comunidade para transformar um pobre manuscrito em um belo e forte livro. Nosso agradecimento fascinado e sincero a nossa editora-gerente Jeannie Ng, que manteve nosso instável projeto de viagem no tempo no cronograma; a nossa editora de texto Deanna Hoak, por seus olhos de águia e paciência gentil; a nossa produtora Elizabeth Blake-Linn, que de muitos modos invisíveis tornou este livro mais prazeroso de segurar e ler; a Greg Stadnyk, que fez um design surpreendente para a sobrecapa norte-americana, que nós dois amamos; e a nossa publicitária Darcy Cohan, por seu incansável trabalho.

A: Finalmente, caro leitor, nós dedicamos este aqui a você, de verdade. Livros são cartas em garrafas, jogadas nas ondas do tempo, de uma pessoa que está tentando salvar o mundo para outra.

Continuem lendo. Continuem escrevendo. Continuem lutando. Nós ainda estamos aqui.

SOBRE OS AUTORES

Amal El-Mohtar é uma premiada escritora, editora e crítica. Seu conto "Seasons of Glass and Iron" venceu os prêmios Hugo, Nebula e Locus, e foi finalista dos prêmios World Fantasy, Sturgeon, Aurora e Eugie Foster. Ela é autora de *The Honey Month*, e contribui com críticas literárias para a *NPR Books* e o *New York Times*. Suas obras de ficção apareceram recentemente na *Tor* e na *Uncanny Magazine*, e em antologias como *The Djinn Falls in Love & Other Stories* e *The Starlit Wood: New Fairy Tales*. No momento, ela faz Ph.D. na Universidade Carleton e dá aulas de escrita criativa na Universidade de Ottawa. Ela pode ser encontrada on-line como @Tithenai.

Max Gladstone é o autor de *Craft Sequence*, indicado ao prêmio Hugo. O jogo interativo *Choice of the Deathless*, criado por Max, foi indicado ao prêmio XYZZY, e seus aclamados contos de ficção já saíram na *Tor* e na *Uncanny Magazine*, e em antologias como *XO Orpheus: Fifty New Myths* e *The Starlit Wood: New Fairy Tales*. Max já cantou no Carnegie Hall e certa vez caiu do cavalo na Mongólia.

1ª EDIÇÃO [2021] 7 reimpressões

ESTA OBRA FOI COMPOSTA POR OSMANE GARCIA FILHO EM CAPITOLINA
E IMPRESSA EM OFSETE PELA GEOGRÁFICA SOBRE PAPEL PÓLEN BOLD DA
SUZANO S.A. PARA A EDITORA SCHWARCZ EM DEZEMBRO DE 2023

A marca FSC® é a garantia de que a madeira utilizada na fabricação do papel deste livro provém de florestas que foram gerenciadas de maneira ambientalmente correta, socialmente justa e economicamente viável, além de outras fontes de origem controlada.